Ilse Gräfin von Bredow
Des Hauses Ehr ist Gastlichkeit

PIPER

Zu diesem Buch

Eines bleibt gleich durch alle Zeiten und Generationen –
Verwandtenbesuch und willkommene, aber auch unge-
plante Gäste. Ilse Gräfin von Bredow erinnert sich mit
unnachahmlichem Humor an die Erlebnisse mit Gästen
in ihrer Kindheit in der Mark Brandenburg. Und wer
taucht nicht alles auf dem Hof auf: eine nervige Cousine, eine großzügige Tante, ein Köpfe verdrehender
Schulfreund, ein kindischer Ehemann. Aus ihrem großen Reservoir an komischen und spannenden Geschichten hat die Autorin für diesen Band die schönsten zum
Thema Gastfreundschaft ausgewählt. Ein warmherziges
Buch mit schönen Erinnerungen und wunderbaren Geschichten.

Ilse Gräfin von Bredow wurde 1922 in Teichenau / Schlesien geboren. Sie wuchs im Forsthaus von Lochow in der
märkischen Heide auf und besuchte später ein Internat.
Während des Krieges war sie im Arbeitsdienst und
musste Kriegshilfsdienst leisten. Seit Anfang der fünfzi-
ger Jahre des letzten Jahrhunderts lebt Gräfin von Bredow als Journalistin und Schriftstellerin in Hamburg.

Ilse Gräfin von Bredow

Des Hauses Ehr ist Gastlichkeit

Piper München Zürich

Mehr über unsere Autoren und Bücher:
www.piper.de

Von Ilse Gräfin von Bredow liegen bei Piper vor:
Kartoffeln mit Stippe
Willst du glücklich sein im Leben
Ein Fräulein von und zu
Familienbande
Ich und meine Oma und die Liebe
Die Küche meiner Kindheit
Der Glückspilz
Benjamin, ich hab nichts anzuziehn
Adel vom Feinsten
Das Hörgerät im Azaleentopf
Des Hauses Ehr ist Gastlichkeit

Ungekürzte Taschenbuchausgabe
Piper Verlag GmbH, München
Januar 2012
© 2010 Scherz Verlag, ein Unternehmen
der S. Fischer Verlag GmbH, Frankfurt am Main
Umschlagkonzept: semper smile, München
Umschlaggestaltung: Cornelia Niere, München
Umschlagmotiv: Oliver Wetter
Satz: Dörlemann Satz, Lemförde
Gesetzt aus der Aldus
Papier: Munken Print von Arctic Paper Munkedals AB, Schweden
Druck und Bindung: CPI – Clausen & Bosse, Leck
Printed in Germany   ISBN 978-3-492-27299-5

INHALT

Vorwort

»Des Hauses Ehr ist Gastlichkeit«:
Dieser schöne Spruch kam in den Kriegsjahren gelegentlich zu kurz, etwa als Bombengeschädigte untergebracht werden mussten, der Bürgermeister erfolglos pathetisch von »Stadt und Land – Hand in Hand« redete und der Pastor vergeblich die Nächstenliebe beschwor. Statt vor Hilfsbereitschaft zu strahlen, zogen sich die Mundwinkel der Gemeindemitglieder nach unten, und man tat seine Pflicht nur mürrisch. Umso leuchtender die Ausnahme, wie jener Richter in Eutin. Er hieß, anders als seine Nachbarn, die ängstlich ihre Häuser verrammelt hatten, mit weit offener Tür jeden in seinem Haus willkommen, der wie wir durch die Straßen irrte auf der Suche nach einem schützenden Plätzchen. Er versorgte uns freigiebig mit Essen, half den Soldaten mit Zivilkleidung aus und räumte für uns sogar sein Schlafzimmer. Die Dankbarkeit der Gäste war groß, denn ein Pimpf war, bevor er die Hosen endgültig voll hatte, am Ortseingang noch auf die Idee gekommen, seine Panzerfaust auf die heranrückenden Engländer abzufeuern, und die hatten zurückgeschossen.

In früheren Zeiten waren Gäste immer gern gesehen, besonders wenn man »beim Deibel auf der Rinne« wohnte. Man sehnte Besucher geradezu herbei, wie etwa die reichlich vorhandene Töchterschar eines Schlossbesitzers, die – wie man sich erzählte – täglich voller Sehnsucht nach etwas Interessantem Ausschau hielt. Als dann tatsächlich drei Reiter auf das Schloss zugaloppierten, sollen sie mit dem jauchzenden Ruf »Männer! Männer!« zu ihren Eltern gelaufen sein.

Auch wir lebten dort, wo Fuchs und Hase sich gute Nacht sagten, und so gehörten Besuche zur willkommenen Abwechslung – vor allem im Sommer, wenn die Verwandtschaft aus der Stadt ihre Brut »auf die Weide« schickte. Zwar waren wir Kinder über diese Art Besuch nicht immer so glücklich, wie uns die Eltern einreden wollten. Aber wenn dann die Hackordnung feststand, hatten wir doch viel Spaß miteinander, der einerseits häufig in lautstarkem Gezänk endete, uns aber andererseits mit dem im Chor vorgebrachten Ausruf: »Wir haben doch gar nichts getan!« wieder sehr schnell zusammenschmiedete. Wenn die zornentbrannten Mütter auftauchten und sich unseretwegen in die Haare kriegten, gab es für uns nur noch den »Herrn Niemand«. »Niemand« hatte dem Kusinchen ins Ohr geflüstert, dem süßen kleinen

Kälbchen auf der Koppel einen Besuch abzustatten, das sie dann mit einem kräftigen Stoß in den Graben beförderte, weil das süße Kälbchen ein zorniges Bullkalb war. »Niemand« hatte Vetter Rolf den Rat gegeben, sein Taschenmesser auf dem Schleifstein zu schärfen, denn das wusste doch jeder, die aus der Stadt konnten mit so was wie einem Schleifstein gar nicht umgehen, und nun war die Fingerkuppe weg. »Niemand« hatte die Leiter, mit deren Hilfe Vetter Konrad auf den Heuboden geklettert war, weggestoßen, so dass er nun Stunden eingesperrt war. Diese Leiter war nun mal sehr kipplig und fiel schnell um.

Manchmal kamen die Dorffreunde zufällig bei diesen Auseinandersetzungen mit unseren Müttern dazu. Sie hielten sich nicht lange mit »Herrn Niemand« auf, sondern hatten stärkeren Tobak parat und spielten gern die Zeugen: »Genauso war es, die Erde soll mich verschlingen, wenn ich nicht die Wahrheit sage.« Möpschen das Unheil anzuhängen, ließ man lieber. Der hatte nun mal Mamsell als Schutzpatron.

Während wir Kinder uns längst versöhnt hatten und fröhlich sangen: »Es geht ein Bi-Ba-Butzemann in unserem Kreis herum«, herrschte zwischen den Müttern noch Eiszeit.

Dafür bekamen wir Landkinder unser Fett, wenn wir Onkel und Tante in der Stadt besuchten. Unsere Cousinen und Vettern lachten hämisch, wenn wir auf der Rolltreppe stolperten oder, erschreckt von einer Autohupe, einen Luftsprung machten. Sie sahen uns belustigt zu, wie wir die leicht bekleideten Damen auf den Litfasssäulen bestaunten, und ihre Freunde nannten uns »Landeier«. Auch ihre Eltern, die mit uns den Zoo besuchten, nahmen unser für sie reichlich merkwürdiges Interesse an allem, was wir von zu Hause kannten, wie Spatzen, Tauben und Rehe, mit leichter Herablassung zur Kenntnis. »Die lieben Kleinen der Cousine sind doch noch etwas zurück, Landkinder eben.«

Besucher waren immer für eine Überraschung gut. Manche wollten nur »auf einen Sprung vorbeikommen« und blieben vier Wochen. Andere wieder kürzten nach einem politischen Streitgespräch den Aufenthalt ab und verabschiedeten sich bereits nach zwei Tagen mit der dunklen Andeutung: »Denkt an meine Worte«, oder »Ihr werdet schon sehn, was ihr davon habt.« Auch gab es Gäste, deren Ankündigung allgemeines Entsetzen auslöste: »Nicht die schon wieder!«

Aber egal, ob es um Gast oder Gastgeber, Erwachsene oder Kinder ging, das Reservoir an komischen oder spannenden Geschichten, mit denen wir uns unter viel Gelächter die langen Winterabende vertrieben, wurde im Sommer gut aufgefüllt. Viele von ihnen sind bei uns Alten bis heute in Erinnerung geblieben, und so manches davon ist in diesem Sammelbändchen zu finden.

In der Nachkriegszeit dann nahmen Gäste Unbequemlichkeiten gern in Kauf. Man hatte schließlich zwölf Stunden auf einem Fuß stehend in der Bahn verbracht. Da war einem selbst das zu kurze, zu schmale, durchgelegene Sofa willkommen. Die Gastgeber rückten noch enger zusammen, und selbst ein verstopftes Klo konnte niemanden aus der Ruhe bringen.

Mit wachsendem Wohlstand veränderten sich die Ansprüche an die Gastfreundschaft. Selbstverständlichkeiten, wie Badezimmer mit fließend Warmwasser, erwiesen sich plötzlich als nicht ausreichend, ein Gästeklo musste her. Das Sofa im Wohnzimmer kam aus der Mode. Und überhaupt, in dieser nahegelegenen preiswerten Pension hatte es doch der Gast viel gemütlicher! Dummerweise wurde diese Meinung von der Nachkriegsgeneration nicht geteilt. Manches Elternpaar starrte fassungslos auf das Chaos, das der Nachwuchs während ihrer Abwesenheit in ihrem schmucken, neu erworbenen Häuschen angerichtet hatte. Die Zimmer waren eine Stätte der freien Liebe geworden, und überall stolperte man über Halbnackte. Inzwischen ist nun auch diese Generation fast im Rentenalter und weiß ein gesittetes, bürgerliches Leben sehr zu schätzen.

Und wie sieht es heute mit der Gastfreundschaft aus? Durch Schüleraustausch, Auslandspraktikum und -studium oder Berufsreisen in alle Welt ist sie international geworden. So ist es ganz selbstverständlich, dass der geliebte Sohn nach einem längeren Auslandsaufenthalt als Gast eine junge Chinesin mitbringt – »ein entzückendes Geschöpf, wirklich, hübsch, höflich und bescheiden«. Trotzdem ist die moderne, allem Neuen aufgeschlossene Mutter plötzlich nicht mehr so für das Globale und denkt: »Reizendes Kind, aber bitte nicht meine zukünftige Schwiegertochter.«

So hat sich im Laufe der Zeit unsere Auffassung von Gastlichkeit hie und da verändert, aber was Wilhelm Busch dazu sagt, gilt nach wie vor:

>»Es ist halt schön,
wenn wir die Freunde kommen sehn.
Schön ist es ferner, wenn sie bleiben
und sich mit uns die Zeit vertreiben.
Doch wenn sie schließlich wieder gehn,
ist's auch recht schön.«

1 Das Kusinchen

Vaters Gefühle gegenüber seinem Schwager waren zwiespältig. »Der gute Karl weiß nicht nur alles, er weiß auch alles besser«, schimpfte er gern. Die beiden kabbelten sich oft, was Onkel Karl jedoch nicht hinderte, allein oder mit der Familie häufig mal eben von seinem zwei D-Zug-stunden entfernten Gut »auf einen Sprung« zu uns zu kommen.

Uns Kindern war Onkel Karl ziemlich gleichgültig. Wir liebten Tante Sofie, und wir hassten unsere gleichaltrige Kusine Elisabeth.

Klein-Didi, wie sie von ihrem Vater zärtlich genannt wurde, war ein rechtes Goldkind. Sie hatte seidiges, blondes Haar, und ihre Haut verdunkelte sich in der Sommersonne nicht wie bei uns zu einem schmutzigen Braun, sondern behielt bis in den Winter hinein einen warmen Honigton. Teure Ballettstunden hatten dafür gesorgt, dass ihre Bewegungen anmutig und geschmeidig waren. Sie liebte es, sich wohlgefällig im Spiegel zu betrachten, sich vor ihm hin und her zu wenden und ihr Körperchen wie Knete zu streicheln und zu betasten.

Wir waren froh, wenn wir von den Erwachsenen in Ruhe gelassen wurden. Sie aber trieb sich mit Vorliebe bei ihnen herum und war ganz Ohr, wenn uralte Familiendramen neu aufgebacken wurden. Vater mochte es nicht, wenn man ihm zu nahe auf den Pelz rückte. Er machte deshalb jedesmal unwillkürlich eine scheuchende Bewegung, als wollte er eine lästige Katze verjagen, wenn sie sich zwischen ihn und ihren Vater auf das Sofa quetschte. Onkel Karl war dagegen ganz vernarrt in seine Tochter. »Na, mein Mäuschen«, schnurrte er, und Didi warf ihr langes, offenes Goldhaar zurück, so dass es Vater unangenehm in der Nase kitzelte, und piepste: »Ach, Papilein.«

Für uns war sie eine scheinheilige, verlogene, boshafte Hexe, raffiniert genug, uns Geschwister im Handumdrehen gegeneinander aufzuhetzen, so dass wir den verdutzten Eltern unerwartet den Anblick dreier sich streitender, prügelnder kleiner Idioten boten, während Didi selbst, ein Bild süßer Harmonie, still in einer Ecke saß und, vor sich hinsummend, eifrig malte. Meinen sonst schon recht vernünftigen Bruder Billi verhexte sie beim Angeln derart, dass er wie ein Irrer lachte, anstatt ihr eine zu kleben, als sie die gefangenen Plötzen und Barsche wieder zurück in den See warf. Ja, er entblödete sich nicht, ihr dabei noch zu helfen, während Bruno, der Krepel, vor Wut über so viel Schwachsinn fast einen seiner epileptischen Anfälle bekam.

Vor Didis Habgier war nichts sicher. Sie klaute mir meine gläserne Lieblingsmarmel, in die ein weißes Lamm eingeschlossen war, und köpfte unsere schönsten Papierpuppen, ohne dass wir ihr etwas nachweisen konnten. Ihr letzter Besuch bei uns im Forsthaus war besonders unerfreulich gewesen. Die schlimmste Gemeinheit hatte sie sich noch kurz vor ihrer Abreise geleistet. Vater war mit Tante Sofie ins Kinderzimmer gekommen, als sie sofort losquengelte: »Mami, Omamis Spieluhr.«

»Ja, ja, das Leben ist voller Erinnerungen«, sagte Tante Sofie, die herzensgute, ohne zu begreifen, worauf ihre Tochter eigentlich hinauswollte.

»Aber sie gehört mir«, rief das Goldkind. »Kannst Paps fragen.«

»Das ist mir neu«, sagte Tante Sofie.

»Vera hat sie von ihrer Großmutter bekommen. Ich war selbst dabei, als Mutter sie ihr geschenkt hat«, sagte Vater.

»Aber natürlich, Alfred«, beschwichtigte ihn Tante Sofie. »Die Sache ist doch nicht der Rede wert.«

Aber für Didi war sie es durchaus. Sie steckte sich hinter ihren Vater, und Onkel Karl hatte

15

eine kleine Aussprache mit Tante Sofie, die daraufhin mit unglücklichem Gesicht zu Vater ging. Er kämmte mir gerade das Haar, was er gern tat, und sah sie erstaunt an. »Was hast du denn?« fragte er.

Tante Sofie tat einen tiefen Seufzer. »Karl lässt mir mal wieder keine Ruhe. Er behauptet fest, unserer Elisabeth gehöre die Spieldose, so stünde es auch im Testament. Er sagt, sie habe einen beträchtlichen Wert. Du kennst ihn ja.«

»Bin ich vielleicht ein Erbschleicher?« Vater ließ seine Gekränktheit an meinen Haaren aus, und ich schrie. »Meinetwegen kann eure Elisabeth dieses verdammte Ding haben. Ich werde es Vera erklären. Sie ist eine sehr vernünftige Person.«

Vera jedoch dachte nicht daran, eine vernünftige Person zu sein. Sie weinte und wütete, bis Vater ratlos schnauzte: »Schluss jetzt, benimm dich! Reiß dich zusammen, stell dich nicht an!«

Triumphierend zog unsere Kusine mit der Spieldose ab, und Abend für Abend mussten wir in unseren Betten mit anhören, wie aus ihrem Zimmer das Lied ertönte: »Mein Hut, der hat drei Ecken.«

Vera strampelte vor Wut und sagte: »Eines Tages bring ich sie um. Ich erwürge sie mit meinen eigenen Händen.« Eine Redensart, die sie irgendwo aufgeschnappt hatte.

»Leere Drohungen«, sagte ich.

»Wirst schon sehn«, versicherte Vera.

Und jetzt stand uns Didi schon wieder ins Haus.

»Können die nicht mal in den Ferien woanders hinfahren«, brummte Billi. Vorsorglich versteckten wir, woran unser Herz hing: einen Bismarckkopf, auf dem man Gras säen konnte, eine aufziehbare Maus, den Karton mit den Papierpuppen und unsere Schuhspangen vom Lumpenmann.

Wie gewöhnlich reiste die Familie mit dem Abendzug an. Als Mamsell den Spargelpudding aus dem Wasserbad nahm, hielt der Wagen vor dem Haus. Zuerst pellte sich Onkel Karl zappelig wie gewöhnlich aus den Decken und sprang aus dem Wagen. »Schlechte Zeiten, Alfred, schlechte Zeiten.« Er küsste Mutter die Hand. Ihm folgte, füllig und schweigsam, Tante Sofie. Sie bedachte jeden von uns mit einem freundlichen, aber abwesenden Lächeln. In der Familie galt sie als etwas eigentümlich, weil sie oft in Gedanken versunken vor sich hinstarrte. In Wahrheit war sie wohl nur ein wenig träge und litt mit stoischer Ruhe unter ihrem ungeduldigen und rechthaberischen Mann. Hinter ihr hüpfte unsere Feindin vom Trittbrett. Den Schluss bildete Wilhelma, ein gutartiges, unterdrücktes, ziemlich hässliches Wesen, das von seiner älteren Schwester unter dem Deckmantel größter Fürsorge schikaniert wurde.

»Gib mir meine Brille wieder«, hörten wir Wilhelma klagen. Sie stolperte und schlug sich das Knie auf.

Didi drehte sich nach ihr um. »Pass doch auf, Dummchen.«

»Immer nimmst du sie mir weg«, weinte die Kleine.

»Nur, damit du sie nicht verlierst.« Didi wischte ihr mit dem Taschentuch so kräftig über die Schramme, dass Wilhelma aufschrie und nach ihr schlug.

»Aber, aber!« Onkel Karl drehte sich nach seiner kleinen Tochter um. »Wie kann man sich nur so anstellen. Heb lieber deine Füße.«

»Ich seh aber nichts«, schrie Wilhelma.

»Du musst nicht immer das letzte Wort haben«, verwies sie der Onkel. »Kinder in deinem Alter sollten überhaupt nicht so viel reden.«

Wir Geschwister sahen uns an. Die Kleine konnte einem leid tun.

Unsere Kusine war kaum eine Stunde im Haus, und schon hatte sie es mühelos fertiggebracht, uns bis ins Mark zu kränken. Sie hatte fünf Vornamen – wir hatten nur drei. Sie besaß eine echte Vollblutstute – Vera nur ein Hinkebein als Pferd. Ich würde dieselbe dicke Nase wie

Onkel Adalbert, der Puffbiber, bekommen, und für Billi sei es höchste Zeit, unser Kuhdorf zu verlassen, sonst werde sich sein Brett vorm Kopf zu einem Scheunentor auswachsen.

Vater las mir die Leviten, weil sich am nächsten Morgen auf meinem Frühstücksteller unverschämt viel Pelle der guten Schlackwurst angesammelt hatte, und blamierte mich mit der Bemerkung »du Raffzahn« vor dem Besuch. Dabei war es Didi gewesen, die ihre Pelle dazugelegt hatte. Ich rächte mich, indem ich eine Küchenschabe zerhackte, sie in ein Stück Nusstorte drückte und schadenfroh zusah, wie Didi es sich schmecken ließ. Als sie hörte, was sie da eben gegessen hatte, begann sie fürchterlich zu würgen, und ich jubelte: »Elisabeth, wie ist dein Bett, krumm oder gerade!«

Sie verpetzte mich nicht. Sie hatte ihre eigenen Methoden.

Vater veranstaltete zur Unterhaltung der Gäste ein Preisangeln, und Didi, die herumtönte: »Die Preise hat mein Paps ganz allein gestiftet«, ließ es sich nicht nehmen, mir, der Siegerin, den ersten Preis, ein großes Schraubglas voll Himbeerbonbons, zu überreichen. Dabei täuschte sie vor zu stolpern und ließ das Glas geschickt in ein Modderloch am Ufer fallen, wo es sogleich mit einem schmatzenden Geräusch auf Nimmerwiedersehn verschwand.

Scheinheilig jammerte sie: »Was bin ich bloß für ein Tollpatsch!« – und schnitt mir eine höhnische Grimasse. Vater fiel prompt auf ihr Theater herein. »Das hätte mir ebensogut passieren können, mein Kind. Mach dir nichts draus«, tröstete er sie. Ich musste mich mit einer schäbigen Rolle Drops abfinden.

Wenn Didi nun wenigstens eine Heulsuse, ein Feigling gewesen wäre. Aber den Gefallen tat sie uns nicht. Sie sprang vom höchsten Balken ins Heu, radelte den steilsten Berg freihändig hinunter und näherte sich dem wütend mit den Hufen scharrenden Bullen auf der Weide bis auf wenige Schritte, obwohl er sich schon zweimal von der Kette gerissen hatte. Widerwillig bewunderten wir sie, wenn sie sich bei unseren Streifzügen in einer Koppel auf ein fremdes Pferd schwang und ohne Zügel und Sattel mit wehendem Haar das erschrockene Tier zu immer schnellerem Galopp zwang. Als Billi hämisch sang: »Ach, wenn die Elisabeth nicht so krumme Beine hätt«, setzte sie ihm ihre Elfenhand mitten ins Gesicht, dass ihm die Funken vor den Augen tanzten.

Der Einzige, vor dem sie sich in Acht nahm, war Bruno. Seine Wutanfälle nötigten auch ihr Respekt ab. Einmal hatte sie, um ihn zu ärgern, einen Klumpen Dreck nach seinem Kater Mauzer geworfen und ihn zielsicher getroffen. Der

Kater war vor Schreck auf einen Wäschepfahl geflohen. Daraufhin hatte Bruno sie an den Haaren gepackt, hatte sie zu dem Schleifstein gezerrt, ihm einen ordentlichen Schwung gegeben und versucht, ihre Hand auf den rotierenden Stein zu drücken. Tatsächlich wäre es ihm fast gelungen, ihre Finger wie die Schneide eines Beils abzuschleifen, wäre nicht im letzten Augenblick Wilhelm Wenzel, der Stallknecht, auf der Bildfläche erschienen. Der Schreck stand Didi ins Gesicht geschrieben, aber sie weinte nicht. Im Bösen wie im Guten war sie fixer als wir, und als Veras Haar plötzlich in Flammen stand, weil sie zu nahe an eine brennende Kerze gekommen war, ergriff sie blitzschnell eine Decke und erstickte das Feuer damit.

Von unseren ständigen Streitereien bekamen die Erwachsenen nur am Rande etwas mit. Sie ahnten nichts von der wahren Natur dieses holden Engels, obwohl Didi es mühelos fertig brachte, auch zwischen ihnen Unfrieden zu stiften.

An einem wunderschönen Sommertag, der die Luft über den Wiesen flirren ließ, saßen wir im abgedunkelten Esszimmer und spielten das Kartenspiel »Tod und Leben«. Vater räusperte sich missbilligend, als er uns entdeckte. »Was soll denn das schon wieder?« Er jagte uns an die frische Luft, Wir mussten mit den Gästen zum Baden gehen. Bepackt mit Badesachen zogen wir über die Wiesen. Es waren mindestens 28 Grad im Schatten, aber Wilhelma zockelte, große Schweißperlen auf dem feuerroten Gesicht, in einer dicken Strickjacke hinter uns her.

»Zieh sie aus«, bot sich Vera mitleidig an, »ich trag sie dir.«

Sogleich war Didi zur Stelle. »Kommt nicht in Frage«, rief sie. »Wilhelma hat gerade erst Windpocken gehabt, sie darf keinen Zug bekommen.«

Wie auf Kommando fielen wir über sie her. Mein Bruder nahm sie in den Schwitzkasten, Vera schoss mit der Gummizwille nach ihr, und ich riss sie von hinten an den Haaren.

»Recht zänkisch, deine Kinder.« Onkel Karl zerschmolz vor Mitgefühl mit seinem Liebling.

»Das ist gar nicht ihre Art«, nahm uns Mutter in Schutz.

»Ach, hätten wir sie lieber zu Hause gelassen.« Tante Sofie schlug nach einer hartnäckigen Bremse.

»Wir können uns doch unmöglich den wundervollen Schmetterlingsstil eurer Tochter entgehen lassen, von dem Karl so viel erzählt«, sagte Vater bissig.

Während die Sonne auf uns herunterknallte

und Dutzende von Grashüpfern bei jedem unserer Schritte zur Seite sprangen, wurde die Stimmung von Minute zu Minute gereizter.

»Ziemlich sauer, deine Wiesen«, meinte Onkel Karl. »Fressen die Kühe das Gras überhaupt?« Und Vater sagte: »Sollst ja so viel Pech in letzter Zeit mit deinem Inspektor gehabt haben. Hab mich gleich gewundert, dass du den Kerl eingestellt hast.«

Als wir die Badestelle erreichten, hatten es sich die Kühe dort gemütlich gemacht. Sie standen bis zum Bauch im Wasser, und was so drum herum schwamm, zeigte, dass ihre Verdauung durchaus in Ordnung war.

Tante Sofie seufzte: »Ach du liebe Güte!« Und auch uns war die Lust auf ein Bad vergangen. Von Mücken umschwirrt, standen wir mürrisch herum und konnten uns zu nichts entschließen.

Vater schnauzte uns an, weil der Schlüssel zum Bootshaus nicht in seinem gewohnten Versteck lag, einem verlassenen Schwalbennest unter dem niedrigen Dach. Vera stieß mich an. »Daran ist nur die blöde Didi schuld«, flüsterte sie mir zu. Schließlich machten wir uns wieder auf den Heimweg.

Die nächsten Tage verliefen erstaunlich friedlich. Es hätte uns warnen müssen, dass unsere Kusine sich jetzt so gut mit Vater verstand. Sie war dauernd um ihn herum, half ihm beim Einschlagen junger Baumpflanzen im Garten und wickelte unter seiner Anleitung mit großer Sorgfalt meterweise Angelschnur für Aalpuppen um Binsenbündel. Als sie sich genügend an ihn rangeschmissen hatte, ließ sie die Katze aus dem Sack.

»Onkel Alfred«, flötete sie, während sie ihm half, die Klematis an der Veranda hochzubinden.

»Ja, mein Kind?« Vater war prächtiger Laune.

»Du hast gesagt, ich darf mir was wünschen, weil ich dir so viel geholfen habe.«

»Wenn ich's bezahlen kann.« Vater summte: »Seht, dort schwebt die schöne Kunigunde, eben von des Henkers Hand erbleicht.«

»Ich hätt so gern ein Tier.«

»Vera wird dir sicher gern eines von ihren jungen Meerschweinchen geben.«

»Hab sie schon Bruno versprochen«, sagte Vera ablehnend, die mit mir auf der Veranda saß und Mühle spielte.

»Kein Meerschweinchen.« Didi senkte die Stimme, damit wir sie nicht verstehen sollten. Wir sprangen so hastig auf, dass die Steine durcheinander flogen, und beugten uns über die Brüstung. »Ich möcht so gern Küki.«

»Meinst du das dumme Huhn in der Küche? Das kannst du haben.«

»Vater«, riefen wir empört, »Küki gehört uns!«

»Euch gehört überhaupt nichts«, sagte Vater.

Küki war nicht irgendein beliebiges Huhn. Seine Mutter hatte es noch im Spätherbst nach beharrlichem wochenlangen Brüten einem Nestei entlockt, das wir schon für halb verfault gehalten hatten. Die Glucke war mit ihrem Küken plötzlich auf dem Hof erschienen, als bereits der erste Schnee vom Himmel stäubte. So war uns nichts anderes übrig geblieben, als es in einem Schuhkarton in der Küche großzuziehen. Küki entwickelte sich zu einem hysterisch gackernden, aber hochintelligenten Huhn. Sogar hypnotisieren konnte man es. Man brauchte nur einen Kreidestrich auf dem Küchenfußboden zu ziehen und seinen Kopf darauf zu drücken. Dann blieb es unbeweglich liegen, die Augen starr auf den Strich gerichtet. Später genügte es bereits, ihm einen Finger unter den Schnabel zu halten, um es in Trance zu versetzen. Und auf dieses Wundertier hatte Didi es abgesehen.

Mit Vater war nicht zu reden, so steckten wir uns hinter Mamsell. Aber die hatte gerade ihren mürrischen Tag und sagte: »Mir ist's nur recht, dann kommt dieses dumme Tier endlich aus meiner Küche. Macht sowieso 'n Haufen Dreck, und tu ich's in den Hühnerstall zu den andern, wird es totgehackt.«

Und dann verließ uns Tante Sofie mit Wilhelma Hals über Kopf, weil die Kleine mit einem vereiterten Backenzahn zum Zahnarzt musste. Einen Tag darauf gab der Nachbar Onkel Karl endlich einen kapitalen Bock zum Abschuss frei, worauf er schon die ganze Zeit bei uns gejippert hatte, und lud ihn zu sich ein. So sollte uns nur Didi erhalten bleiben. Das wollte sie natürlich auf keinen Fall. Sie ließ ihre raffiniertesten Hexenkünste spielen, damit sich Onkel Karl von ihr einwickeln ließ und sie auf das nur einige Kilometer entfernte Gut mitnahm. Sie küsste ihn und weinte, nicht eine Sekunde werde sie sich von ihrem geliebten Paps trennen.

Aber Onkel Karl hatte nur seinen Bock im Sinn und meinte ziemlich roh: »Dich, liebes Kind, habe ich ja Gott sei Dank noch ein ganzes Leben, aber den Bock, den schießt mir bestimmt ein andrer vor der Nase weg, wenn ich mich nicht beeile. Du bleibst hier und basta.«

Die verlassene und verlorene Didi zeigte sich denn auch gleich von ihrer Schokoladenseite und aß, ohne zu mucksen, einen großen Teller voll Kartoffeln mit Stippe, eine Mahlzeit, die sie sonst verächtlich als etwas für »pauvre Leute« bezeichnet hatte. Vater musterte uns mit seinem Habichtblick und drohte: »Wenn mir das Geringste zu Ohren kommt, könnt ihr was erleben.« Und das wollten wir nicht. Da gingen wir lieber friedlich ins Bett, anstatt Didi vorher noch einmal genüsslich an den Haaren zu ziehen oder das Stecknadelspiel mit ihr zu spielen, nämlich ihr mit den Borsten der Haarbürste kräftig so lange auf den bloßen Oberarm zu schlagen, bis sich rote Punkte zeigten.

Kaum waren wir jedoch eingeschlafen, wurden wir schon wieder von lauten Stimmen wach. Ich hörte Mutter im Hause herumrennen, mit den Türen klappen und rufen: »Alfred, das Kind ist weg! Sie scheint auch das Huhn mitgenommen zu haben. Sicher will sie zu ihrem Vater. Wie unangenehm!« Darauf hörte man Vater voller Selbstmitleid klagend gähnen. »Weit kann dieses verfluchte Gör ja nicht sein«, beruhigte er Mutter. »Ich mach mich gleich auf den Weg.«

Wir zogen uns an wie der Blitz und hatten das Haus verlassen, ehe man uns bemerkte. Wir holten unsere Fahrräder aus dem Schuppen und radelten die Dorfstraße entlang an Brunos Haus vorbei. Der kam gerade, nur mit einer Unterhose bekleidet, vom Klo hinter dem Misthaufen und fragte: »Seid ihr vom Affen gebissen? Oder was macht ihr sonst hier mitten in der Nacht?«

Wir sagten es ihm, und Bruno flüsterte mit glitzernden Augen: »Momang, da muss ich mit.«

Bruno setzte sich an die Spitze, und wir traten

in die Pedale, dass die Fahrradketten quietschten. Die Grillen zirpten wie verrückt, und eine Himmelziege zog über unseren Köpfen meckernd ihre Kreise, als wir das Koppeltor öffneten. Wir radelten an den glotzenden Kühen und den grasenden Pferden vorbei, und die laue Nachtluft strich uns um die nackten Beine. Auf der Heubrücke machten wir Halt und lauschten. Weit dehnte sich das Luch vor uns, durchschnitten von dem havelländischen Hauptkanal, und es war voller merkwürdiger und unheimlicher Geräusche. Dann hörten wir ein Huhn gackern und sahen im Mondlicht eine kleine Gestalt den Trampelpfad am Ufer entlanghüpfen. Wir warfen die Räder auf die Bohlen, dass die Klingeln schepperten.

Und dann jagten wir sie …

2 Das ewige Kind

Während Vater mehr ein Auge darauf hatte, dass uns nicht einfiel, die Lilien auf dem Felde zu spielen und müßig im Dorf herumzustreunen, anstatt Nützliches zu tun, wie Kartoffeln zu klauben, Laub zu harken, Reusen zu flicken und endlich einmal wieder unsere Karnickelställe auszumisten – »Die armen Tiere können ja nur noch auf dem Bauch liegen, sonst stoßen sie gegen die Decke!« –, legte Mutter großen Wert darauf, dass wir wussten, »woher wir kamen«.

»Hundertmal habe ich nun schon erklärt, wie ihr mit Onkel Adalbert verwandt seid«, seufzte sie, als wir verständnislos fragten: »Was is'n das schon wieder für'n Onkel?«

»Könnt ihr euch denn nichts merken?«

Nur unser Freund Bruno war auf Draht. Er wusste sogar Onkels Spitznamen. »Adalbert, der Puffbiber«, warf er stolz dazwischen. Mutter runzelte die Stirn: »Schon gut, Bruno, kann man nicht einmal unter sich sein.« Dann warf sie uns mangelnden Familiensinn vor und prophezeite, dass wir es schon noch bereuen wür-

den. »Freundschaft hält einen Tag, Verwandtschaft aber ewiglich.«

»Leider«, bemerkte Vater.

»Erlaube mal«, sagte Mutter.

»Ich brauch nur an deine arme Schwester Lilli
zu denken«, fuhr Vater fort, »die hätt's auch
besser ohne ihre Sippe.«

»Bezeichnest du mich als Sippe?« Mutters
Stimme stieg. »Und das, wo ich mir so viel Gedanken um sie mache!«

»Drum«, sagte Vater.

Lilli-Gespräche gehörten zum Alltag. Wenn
Mutter von diesem Thema gar nicht mehr weg-
zukriegen war, verzog sich Vater ins Arbeitszimmer.

Nach Mutters Schilderungen musste Lilli in
ihrer Kindheit eine interessante Mischung aus
Unglücksrabe und verzogenem Fratz gewesen
sein.

Als Baby war sie von der Wickelkommode
gefallen. Als Fünfjährige erlitt sie einen Anfall
von Gelenkrheumatismus, weil sie zu lange in
einem Kahn voller Wasser gespielt hatte. Mit
acht war sie die Kellertreppe heruntergestürzt
und mit gebrochenem Knöchel liegen geblieben.
Ein Jahr später jagte man ihr bei einer Treibjagd
eine Ladung Schrot ins Bein. Und außerdem
war Klein-Lilli hin und wieder Opfer eines »Zu-
standes«.

Dieses von Mutter so bedeutungsvoll ausgesprochene Wort weckte unsere Phantasie. »War sie dann wie Bruno?« fragten wir. »Kriegte sie Schaum vorm Mund und so?« – »Unsinn«, sagte Mutter. Auf jeden Fall hatten Lillis Zustände die Familie gehörig erschreckt. Sie musste ins Bett, und niemand durfte zu ihr.

»Trotzdem hätten sie die Eltern nicht so verwöhnen dürfen«, sagte Mutter. »Butter aufs Frühstücksbrötchen und ein eigenes Ziegengespann! Muss man sich mal vorstellen!«

»Ja, ja«, sagte Vater ungeduldig.

Mit sechzehn hatte unsere Tante geheiratet. Mit siebzehn war sie die jüngste Witwe in der Familie und die reichste, denn ihr Mann hatte ihr Kohlengruben, Mietshäuser und ein großes Gut hinterlassen. Als Lilli sich anschickte, von einem flotten jungen Architekten beraten, Türmchen über Türmchen auf ihr Schloss setzen zu lassen, trat der Familienrat zusammen. »Wehret den Anfängen«, hatte Onkel Adalbert nicht umsonst gewarnt, »sonst gute Nacht, Marie.« Jeder wusste, was damit gemeint war.

Tante Lilli konnte, Gott sei's geklagt, nie Kinder bekommen, so dass in ferner Zukunft all das schöne Geld einmal in ihre Familie fließen würde, vorausgesetzt, sie gab es nicht in demselben Tempo aus wie bisher. So holte man sie vorsorglich ins Elternhaus zurück, um das arme

Kind vor Hochstaplern und Gutsbesitzern zu schützen, über deren Schlössern bereits der Pleitegeier kreiste.

Ihr zweiter Mann, den man ihr einredete, war denn auch ein redlicher Junker, im ganzen Kreis nur der »trockene Knochen« genannt. Er verwaltete den ihm anvertrauten Besitz mit Umsicht und Geschick, so dass selbst in der Inflationszeit, als ringsherum ein Gut nach dem anderen unter den Hammer kam, seine Lilli weiterhin von viel Personal umgeben ein sorgloses Leben führen und sich mit Möbel-Umstellen und mit Blumen-Arrangieren beschäftigen konnte.

»Ein Glückspilz, unser ›ewiges Kind‹«, sagte Mutter. »Ein Jammer, dass sie so schwache Nerven hat. Und dann ihre Verschwendungssucht, das grenzt doch schon ans Manische.«

»Was redest du nur immer davon«, sagte Vater verdrossen.

Uns konnte Mutter Tante Lilli nicht vermiesen. Für uns war ein Besuch bei ihr der Eintritt ins Schlaraffenland. Tante Lillis Großzügigkeit kannte keine Grenzen. Wir durften uns so viele Weintrauben und Melonen aus den Treibhäusern holen, wie uns schmeckten. Wir durften mit Flinten in der Gegend herumballern und mit anderen Vettern und Kusinen auf kostbaren Pferden wilde Wettrennen veranstalten, wofür wir zu Haus vier Wochen Stallverbot bekommen hätten. Den ganzen Tag hallte das Schloss wider von unserem Geschrei. Tante Lilli arrangierte Picknicks, Kinderfeste und Maskeraden und war selbst die Eifrigste beim Verkleiden. Sie trieb uns von einem Vergnügen zum anderen, bald hierhin, bald dorthin, wie ein fürsorglicher Schäferhund seine Herde. Nur manchmal schlug ihre Stimmung plötzlich um. Sie machte uns aus heiterem Himmel eine große Szene und schimpfte und schrie, sie habe es satt, für uns den Popanz zu spielen, noch heute würde sie uns zurück zu unseren Eltern schicken. Erschrocken suchten wir dann bei dem knöchernen Onkel Schutz, der, in seine Lieblingszeitschrift »Wild und Hund« vertieft, nur halb zuhörte und uns abwesend beschwichtigte: »Ja, ja, Kinder, die Welt ist bös.«

Doch Tante Lillis plötzliche Verstimmungen waren nur von kurzer Dauer, und alles ging weiter wie bisher.

Die ersten Tage wieder zu Haus – die Umstellung von Hafer auf Heu, wie Vater es nannte – fielen uns schwer. Wir maulten, weil wir nicht mit dem Wagen abgeholt wurden, sondern nur unsere Fahrräder auf der Kleinbahnstation vorfanden, und stocherten lustlos in unserem Nationalgericht, Kartoffeln mit Stippe, herum. Vater ärgerte sich darüber und schnauzte: »Die schönen Tage von Aranjuez sind jetzt vorüber, Schluss mit dem Tamtam, was auf den Tisch kommt, wird gegessen.«

Und Mutter nickte mit dem Kopf und stimmte ihm zu: »Ganz recht, Alfred. Aber die gute Lilli hat sie auch wirklich zu sehr verwöhnt. Jedem zum Abschied noch eine Armbanduhr zu schenken! Als wäre das nichts.«

Bei uns war unsere Lieblingstante nur selten zu Besuch.

So war die Überraschung groß, als sie sich unerwartet ansagte. Noch dazu in einer Jahreszeit, in der wir sonst unser »reizendes Fleckchen Erde« ganz für uns hatten. Wenn der Nordost schneidend durch Haus und Gebein fuhr und selbst dicke rote Wollvorhänge vor den Fenstern uns nicht vor ihm schützten, wenn sogar die Pumpe in der Küche mit Stroh umwickelt werden musste, damit sie nicht einfror, oder Dauerregen Hof und Straßen in glitschigen Morast verwandelten, waren wir bei der Verwandtschaft nicht sehr gefragt.

»Das rechne ich Lilli hoch an«, sagte Mutter denn auch und quartierte mich ohne viel Federlesen aus. Das Gastzimmer lag im Parterre, und Lilli graulte sich, zu ebener Erde zu schlafen. Seiner zarten Schwägerin zuliebe erklärte sich Vater sogar bereit, den kaum benutzten »Affenkasten«, das geschlossene Coupé, aus der Remise holen zu lassen. Nachdem wir es von Spinnweben und Hühnerdreck gereinigt und eine Mäusefamilie heimatlos gemacht hatten, zuckelten Billi und ich damit zur Bahn, um Tante Lilli abzuholen. Sie kam mit viel Gepäck, aber die Aussicht auf die herrlichen Dinge, die darin für uns verborgen waren, stärkte unsere Muskeln.

Wir hatten uns nicht geirrt. Tante Lillis Geschenke waren wie immer überwältigend. Mutter zog die Augenbrauen hoch und sagte: »Liebe Lilli, so kurz vor Weihnachten!« Vater ließ ihr jedoch keine Zeit, sich an diesem Thema festzubeißen. »Lass dich anschauen, Lillikind«, sagte er mit Samtstimme. »Du siehst fabelhaft aus.«

Mein Zimmer war nicht mehr wiederzuerkennen, nachdem Tante Lilli dort Einzug gehalten hatte. Zwischen Puppen und Teddys lagen kostbare Ringe, Armbänder und Ketten, und es roch wie in Brettschneiders Treibhaus. Jeden Abend schleppte Lore einen Zuber heißes Wasser nach dem anderen die Treppe hinauf, damit Tante Lilli ihr gewohntes Bad nehmen konnte, denn eine Badestube besaßen wir nicht, und sogar der Ofen im Esszimmer wurde geheizt, was gegen jede Regel verstieß.

Zu unserer Enttäuschung kümmerte sich Tante Lilli wenig um uns, sie wurde von Mutter völlig mit Beschlag belegt. Sie hatten sich auf den Weg zurück in ihre Kindheit gemacht, und da störten wir nur. Sie kramten in alten Fotos, hechelten die Familie durch und lachten über Dinge, an denen wir nichts Komisches finden konnten. Sogar Vater beteiligte sich. Er gab wieder einmal seine Lieblingsgeschichte vom »Grünen Baum« zum Besten, einem Gasthaus, das er im Kartenspiel als junger Leutnant gewonnen hatte. »Na, so was«, sagte Mutter, die die Geschichte schon rückwärts aufsagen konnte, »das wollen wir jetzt hören.« Und Tante Lilli fragte: »Ein Gasthaus? Wie aufregend.«

»Natürlich habe ich dem Mann die Spielschuld erlassen«, hörten wir Vater noch sagen, dann standen wir bereits im Flur und waren uns einig darüber, dass unsere Eltern manchmal recht zum Schämen waren.

So verliefen die Tage voller Harmonie. Nur einmal gab es zwischen den Schwestern Krach, weil Tante Lilli ohne jeden ersichtlichen Anlass plötzlich jedem von uns zehn Mark in die Hand drückte, nicht etwa fürs Sparschwein, sondern um sie »auf den Kopf zu hauen«, wie sie sagte.

Mutter war sehr ärgerlich. »So viel Geld, bist du verrückt geworden? Die Kinder verlieren ja jedes Maß! In manchen Dingen bist du wirklich wie ein Kind.«

Tante Lilli verließ Türen schlagend das Zimmer, und wir zitterten einen Tag, Mutter würde uns das Geld abnehmen und für uns auf »die hohe Kante« legen.

Und dann schlug das Wetter um. Die Temperaturen sanken. Wie jedes Jahr geriet Mutter in Aufregung.

»Die Kinder kommen mir nicht aufs Eis, bis es mindestens zehn Zentimeter dick ist, hörst du, Alfred?«

»Keine Panik«, sagte Vater.

Vater wagte sich als Erster drauf. Drei Schläge mit der Axt musste das Eis aushalten, dann war die Bahn auch für uns frei. Wir durchstöberten den Boden nach unseren Schlittschuhen.

Viel Staat war damit nicht zu machen. Billis waren so verrostet, dass kein Petroleum mehr half. Bei Vera hatte sich die Schraube ausgeleiert, und meine waren mir zu klein geworden.

»Da hilft nun alles nichts«, sagte Mutter spürbar erleichtert, »da müsst ihr euch mit dem Peekschlitten begnügen.« Sie hoffte, dass wir wenig Lust dazu haben würden, den Schlitten mit zwei Stöcken, an deren Ende ein Nagel eingetrieben war, übers Eis zu peeken. Doch sie irrte sich. Aus purem Trotz zogen wir an einem Spätnachmittag mit ihm los. Das Eis war klar und sah nicht wie sonst nach durchwachsenem Speck aus. Man konnte darunter deutlich die Fische erkennen. Im Schilf sahen wir eine Gestalt, von der untergehenden Sonne in rötliches Licht getaucht, umherhuschen.

»Tante Lilli, was machst du denn hier?«, rief Vera. Wir schlidderten zu ihr hinüber.

»Morgen ist doch Nikolaustag«, erklärte sie, »ich habe für jeden etwas versteckt.« Sie hatte es uns nicht leicht gemacht; wir suchten und suchten, bis jeder von uns sein Päckchen in der Hand hielt. Meins steckte in einem Karnickel-bau nicht weit vom Ufer, Billis in einer verrotteten Reuse im Schilf, und Veras lag in der Ast-gabel einer Weide. Für eine Nikolausgabe waren die Päckchen recht umfangreich. Wir rissen ungeduldig an dem Packpapier. Ein Paar Schlittschuhe für jeden kamen zum Vorschein. Noch dazu Holländer mit gebogenen Kufen, die sehr viel teurer als die gewöhnlichen waren. Auch Bruno hatte sie nicht vergessen. Es waren die ersten Schlittschuhe seines Lebens, und er geriet so in Aufregung darüber, dass wir Angst hatten, er würde einen Anfall bekommen. »Wehe dir, Mensch«, zischte ihn mein Bruder an. Bruno spuckte beleidigt nach ihm. Für was hielten wir ihn eigentlich, er werde doch diese wundervolle Dame nicht erschrecken.

Wir schraubten unsere neuen Schlittschuhe an die Schmierstiefel und jagten davon. Tante Lilli hatte sich auf den Peekschlitten gesetzt und sah zu, wie wir unsere Kreise drehten. Plötzlich stand Mutter zwischen uns. Wie wütend sie war, merkten wir sofort an der Art, wie sie einen der Peeker aufhob und über das Eis schleuderte.

»Lilli«, rief sie, »das ist doch wohl die Höhe! Kurz vor Weihnachten solche üppigen Geschenke, wie sollen wir dann den Kindern noch eine Freude machen.«

»Du verstehst nichts.« Tante Lilli fing an zu weinen. »Ich hab's getan, weil ich so unglücklich bin, ich habe die letzten Tage immer daran denken müssen.«

»An was hast du denken müssen?«

»Wir sind alt, alt, alt«, schrie Tante Lilli, »und was haben wir von unserem Leben gehabt! Ich meinen Knochen und du hier diese Kuhpleeke, dieses Kaff!«

Wir standen und gafften.

»Hör auf, hör auf, sag ich dir.« Mutter war ganz hysterisch. »Ich will davon nichts hören.« Sie packte ihre Schwester an den Schultern und schob sie samt dem Schlitten weg von uns über das Eis. Weinend und klagend verklangen ihre Stimmen in der Dunkelheit.

So hatten wir unsere Mutter noch nie erlebt. »Jetzt hat sie Mutter angesteckt«, sagte Vera verängstigt. »Und der Rhin ist noch offen«, unkte Billi. »Wenn das man gut geht.«

Wir rannten nach Haus. Dort war alles still und friedlich, Mamsell sang in der Küche,

Möpschen nagte auf der Veranda an einem Knochen, und Vater war in seinem Arbeitszimmer.
Er saß am Schreibtisch, legte eine Patience und
summte: »– und trink ich Wein und trink ich
Bier, die Hälfte trinkt das Bandeltier.«

»Jemand eingebrochen?« fragte er erschrocken, als wir ins Zimmer gestürzt kamen. Wir
erzählten ihm alles.

Er sah betrübt auf seine Karten: »Muss ich
hin, was meint ihr?«

Wir nickten ernst. Wir begleiteten ihn. Tante
Lilli saß noch immer auf dem Schlitten und war
unfähig, auch nur einen Schritt zu tun, soviel
Mutter auch auf sie einredete. Es lag zuwenig
Schnee, um den Schlitten über die Wiese zu ziehen. So holten wir den Handwagen und karrten
sie damit zurück. Zu Haus wurde sie gleich ins
Bett gebracht. Wir wurden ermahnt, recht leise
zu sein.

»Da hast du die Bescherung«, sagte Vater.
»Warum lässt du sie die Kinder nicht beschen-
ken, soviel sie will, wenn es ihr Freude macht.«

Mutter weinte: »Ich hab's geahnt, ich hab's geahnt. Sie war die ganzen letzten Tage schon so ko-
misch. Sollen wir nicht lieber einen Arzt holen?«
Das wollte Vater auf keinen Fall. Die Pferde bei
dem Glatteis einspannen? Das hieße ja dem Unglück mit der Trauerkutsche entgegenfahren.

An einem besonders kalten Sonntagmorgen

mit glitzernden Eisblumen am Fenster und einer dünnen Eisschicht auf den Waschschüsseln kamen wir, unsere Hände warm pustend, aus unseren Zimmern zum Frühstück herunter. Zu unserer Überraschung war das Esszimmer geheizt und Mamsell hatte Hörnchen gebacken. Kaffeeduft mit Parfüm vermischt zog durchs Haus. Wir hatten unsere Plätze eingenommen und Vater hatte gefragt: »Auch ordentlich gewaschen?« Da öffnete sich die Tür, und Tante Lilli erschien in einem langen Morgenrock, gut gelaunt und ausgeruht.

»Frisch wie der junge Morgen.« Vater küsste ihr die Hand. »Drei Tage war der Frosch recht krank ...«

»Alfred«, sagte Mutter.

»Was haltet ihr davon, Kinder, wenn ich mit euch Schlittschuh laufe«, schlug Tante Lilli uns vor.

»Guter Gedanke.« Mutter warf ihr einen prüfenden Blick zu.

»Muss meine Kaninchen ausmisten«, sagte Billi.

»Hab schon alle meine Puppensachen zum Waschen eingeweicht«, sagte Vera.

»Ich soll Elli beim Wäschelegen und beim Mangeln helfen«, sagte ich.

»Ist es die Möglichkeit«, sagte Vater, »dein guter Einfluss, Schwägerin!«

Tante Lilli lachte. »Dann lass uns in die Stadt fahren, Alfred, ich würde gern ein paar Kleinigkeiten besorgen.«

»Nichts, was ich lieber täte.« Vater köpfte sein Ei.

Ein paar Tage darauf verließ uns unsere Lieblingstante.

Im Holzschuppen entdeckten wir drei funkelnagelneue Fahrräder mit Gangschaltung und Ziehklingel.

Bruno betrachtete sie neidisch. »Ihr Grafenpack habt immer Glück. Wenn meine Olle Zustände bekommt, haut sie mir die Hucke voll.«

»Hab dich bloß nicht niedlich.« Billi stieß achtlos mit der Schuhspitze gegen die Speichen. Er drehte sich um und ging in den Hof. Vera und ich sahen stumm auf die funkelnde Pracht, dann folgten wir ihm.

3 Ein Sohn aus gutem Hause

Von all unseren vielen Hausgästen war Bonifacio Alvarez der exotischste, den wir je in unserem abgelegenen Forsthaus beherbergten. Meist war es Verwandtschaft, für die Silber und Messingklinken geputzt und der Ofen im Esszimmer geheizt wurde, Vettern und Kusinen oder Tanten und Onkel in vorgerücktem Alter.

Schon seine Ankunft war wie ein Theaterauftritt. Zunächst kam mein Bruder zu unserem Erstaunen mit leerem Wagen von der Kleinbahnstation zurück. »Ob ihr's nun glaubt oder nicht, die Bahn ist glatt durchgefahren«, erklärte er.

»Und was machen wir jetzt?« fragte Mutter ratlos.

»Weiß ich's«, sagte mein Bruder und ging in aller Seelenruhe zum Angeln.

»Man kennt sein eigenes Kind nicht«, erregte sich Mutter. »Lädt sich einen Freund ein und kümmert sich um nichts. Kommt nicht mal auf die Idee, drei Kilometer weiter zur nächsten Station zu fahren.«

Stunden später traf Bonifacio ein. Der lange,

unbequeme Fußmarsch hatte anscheinend seiner guten Laune nichts anhaben können. Vergnügt berichtete er von seinem Missgeschick. Es war, als hätte seine Anwesenheit in der Bahn die absonderlichsten Dinge bewirkt. Zuerst hatten zwei Jungen heimlich den Milchwagen abgehängt. Der Zug musste umkehren, samt einem Sarg, was die Beerdigung sehr verzögerte. Dann hatte eine wütende Kuh die Lokomotive attackiert und sie fast aus dem Gleis geworfen, und schließlich war Annelise Reimers, unsere frühreife Dorfschönheit, vom Schaffner erwischt worden, wie sie es sich bramsig neben Bonifacio in der Polsterklasse bequem machte, obwohl sie nur ein Billett Dritter besaß. Sie war dem Schaffner so pampig gekommen, dass er aus Ärger darüber vergaß, dem Lokführer rechtzeitig das Signal zum Halten zu geben. Zunächst hatte unser Gast eine Station weiter auf unseren Wagen gewartet und war dann von einer Mistfuhre ein Stück mitgenommen worden. Für die letzte Wegstrecke hatte man ihm eine Abkürzung gezeigt, quer durch das Luch und den Wald. Und danach sah er auch aus. Sein ebenmäßiges, zart gebräuntes Gesicht hatte auf der Stirn eine Schramme, die leicht gelockten, dunklen Haare waren voller Kiefernnadeln und die eleganten, maßgearbeiteten Stiefel voller Modder.

Und trotzdem: Als er da so vor uns im Hausflur stand, waren wir ganz von den Socken. Mit knapp achtzehn, in Aussehen und Gehaben ein fertiger Mann, war er der schönste Mensch, den wir je gesehen hatten. Sogar der Bernhardiner zog seine hechelnde Zunge ein und glotzte.

Wie die Freundschaft zwischen ihm und meinem Bruder Billi zustande kommen konnte, blieb unklar. Der kam gerade in seinen Schmierstiefeln, eine tote Wollhandkrabbe am Bindfaden schwenkend, auf uns zugelatscht und begrüßte Bonifacio ohne sonderliche Wärme. Dann wandte er sich zu uns: »Seht mal, was ich gefangen habe!«

Mutter trat einen Schritt zurück. »Bleib mir damit vom Leibe, ist ja eklig, kümmre dich lieber um deinen Gast.«

»Die Mädchen sind ja auch noch da«, sagte Billi und ging pfeifend davon. Dass von seiner früheren Sympathie nur noch wenig zu spüren war, musste auch der Begriffsstutzigste merken. Aber was mochte der Grund dafür sein? Wie hatte er ein paar Wochen zuvor Mutter gequält, Bonifacio für die Sommerferien einzuladen. Seine Lobeshymnen klangen uns noch jetzt in den Ohren. Mit einem in seinen Augen unbedeutenden Schönheitsfehler war er erst herausgerückt, als Mutter die Einladung bereits abgeschickt hatte.

»Er ist überhaupt nicht mehr auf deiner

Schule?« Mutter war wenig erbaut gewesen. »Er ist gefeuert worden?«

»Wer hält es schon unter der Fuchtel dieses vertrockneten Eunuchen aus«, hatte mein Bruder, den Direktor der Schule unserer Meinung nach trefflich charakterisierend, gesagt.

»Du zum Beispiel. Außerdem hat er als Pädagoge einen glänzenden Ruf. Tante Ediths ihre haben direkt von ihm geschwärmt.«

Wir Geschwister tauschten vielsagende Blicke. »Tante Ediths ihre«, unsere Vettern, waren rechte Nulpen.

Die erste Ferienwoche hatte Billi mit Bonifacio bei einem gemeinsamen Freund verbracht. Seitdem hatte seine Begeisterung anscheinend einen erheblichen Dämpfer bekommen. Jedenfalls erwähnte er ihn kaum noch und tat recht erstaunt, als das Gastzimmer hergerichtet wurde.

»Dein Freund kommt doch morgen«, erinnerte ich ihn. »Verdammt«, sagte er.

»Wie ist er denn nun?« fragte ich neugierig. »Wird er mit uns Völkerball spielen?«

»Ach, halt die Klappe«, sagte er.

»Na, allzu große Lust scheinst du nicht mehr auf deinen Freund zu haben«, bemerkte Mutter. »Vielleicht beschreibst du ihn uns mal ein bisschen ausführlicher.«

Aber aus Billi war nicht viel herauszuholen. Soviel er wusste, war Bonifacios Mutter Engländerin. Nein, er hatte keine Geschwister. Nein, seine Eltern lebten nicht in Deutschland. Sie hatten irgendwo eine Hacienda – war es Brasilien oder Argentinien? Im Augenblick wohne er jedenfalls bei einer entfernten Tante in Berlin.

Auch Bonni, wie wir ihn nannten, war merkwürdig maulfaul, wenn es um seine Person ging. Umso mehr Worte fand er dafür, unsere Gastfreundschaft zu preisen und uns Artigkeiten zu sagen. Mutter nannte er nur »die Herrin des Hauses«, so dass sie anfing, sich zu benehmen, als wohnten wir in Sanssouci und nicht in einem baufälligen Forsthaus. Sie seufzte über die Arbeit, die dieses »Landhaus« mache, und gewöhnte sich an, bei Tisch mit einem Porzellanglöckchen nach Lore zu klingeln, anstatt einen von uns durch den Aufzug brüllen zu lassen: »Rauf mit dem Kompott!«

»Man merkt doch gleich, er kommt aus einem guten Stall«, meinte Mutter.

»Was du nicht sagst.« Vater grinste.

»Dafür gibt es schließlich untrügliche Zeichen«, fuhr Mutter unbeirrt fort. »So benutzt er keine Zuckerzange und die Gabel nicht als Schaufel. Er nennt ein Klo nicht Toilette und trägt den Siegelring auf dem richtigen Finger.«

»Ach, Trudelchen«, sagte Vater.

Ja, Bonni verstand es, uns für sich einzunehmen. Bei traulichem Kaminfeuer erzählte Mut-

47

ter ihm ihre Jugendgeschichten, die wir fast so gut kannten wie unsere Märchenbücher. Und nicht nur Mutter erlag seinem Charme. Seitdem er bei uns war, besprühte sich unsere Hauslehrerin reichlicher als sonst mit Maiglöckchenparfüm, was Mutter zu missbilligenden Blicken Anlass gab, weil Bonni jedesmal, wenn er in Fräulein Webers Nähe kam, »Ah, wie köstlich!« sagte. Und Mamsell bedachte uns öfter als sonst mit selbstgebackenen Brötchen, seitdem er diese als *superbe* bezeichnet hatte.

Von dem Augenblick an, da Bonni auf seinen schmiegsamen Wildlederstiefelchen durchs Haus tigerte, hatte sich unser gleichförmiger Alltag verwandelt. Ich klebte förmlich an ihm. Wenn er, jeder Zoll ein Grande, in seinem schicken Reitdress in Vaters großem, mit rostbraunem Leder bezogenen Ohrensessel saß und lässig in einem Buch blätterte, verschlang ich ihn mit den Augen. Sein Lesestoff war allerdings weniger nach Mutters Geschmack. Als sie dazu kam, wie er mir gerade aus einem Buch mit dem Titel »Hugdietrichs Brautfahrt« den Satz vorlas: »Sie stand kokett unter einer Linde und wiegte die Hüften im Abendwinde«, gab sie ihm zu verstehen, dass das wohl nicht die geeignete Lektüre für mich sei. Wenn er Vera und mich mit forschendem Blick betrachtete und dabei über seinen kleinen, überaus kleidsamen

Schnurrbart strich, begannen wir uns vor ihm aufzuspielen. Wir kicherten, schmissen uns auf die Erde und kitzelten uns, bis wir vor Lachen nicht mehr konnten.

»Ein frühreifes Kerlchen«, sagte Vater nicht ohne Wohlwollen. Bonifacio, der noch dem schwerfälligsten Gaul eine anmutige Gangart entlockte, mit Wenzel, dem Stallknecht, lange Gespräche über Hundezucht führte und eine Ente fast mit geschlossenen Augen traf, schnitt beim Scheibenschießen gerade so viel schlechter ab, dass Vater mit seinem Sieg zufrieden sein konnte. Er zeigte großes Interesse an Vaters Baumgesprächen und lauschte höflich seinen langatmigen Vorträgen über Blautannen, gewöhnliche Tannen, Douglastannen und sonstige Tannen. Er spielte exzellent jedes Kartenspiel und half entgegenkommend Mamsell beim Johannisbeerenpflücken.

Nachdem er sich im ganzen Haus beliebt gemacht hatte, ließ er uns nach seiner Peitsche kreiseln, und wir, tief in das Netz seiner Liebenswürdigkeit, seines Charmes verstrickt, tanzten gehorsam. So verschwanden nach und nach jene Gerichte vom Speisezettel, die seiner anspruchsvollen Zunge nicht eben zusagten. Statt Kartoffeln mit Stippe zum Abendbrot gab es jetzt sehr viel häufiger Spargelpudding mit Schinken, Omelette *aux fines herbes* oder sogar Kalbsragout mit Reisrand. Ohne Murren servierte ihm Lore das Frühstück auch noch nach zehn Uhr und wärmte das Mittagessen auf, denn er war recht unpünktlich. Vater duldete stillschweigend, dass er sich mit dem besten Rotwein und der wertvollsten Flinte bediente.

»Den werdet ihr nie mehr los«, prophezeite Billi, für den die Zeit gekommen war, ins Internat zurückzukehren.

»Weil für dich die Ferien vorbei sind, brauchst du doch nicht gleich so zu giften«, tadelte Mutter, die hinter jedem Sofakissen nach Vaters goldenen Manschettenknöpfen mit den Rubinen suchte. »Sollen wir Bonni vielleicht rausschmeißen? Wer hat ihn uns denn ins Haus geschleppt? Das warst doch wohl du!«

»Ich mein' ja man bloß«, nuschelte Billi.

»Hilf mir lieber die Knöpfe suchen, statt deine Weisheiten zum Besten zu geben. Wenn Vater sich doch einmal angewöhnen könnte, sie dort aufzubewahren, wo sie hingehören.«

Doch die hingeworfene Bemerkung meines Bruders tat ihre Wirkung. Ein Stachel blieb bei Mutter zurück. In ihrer bewährten Art versuchte sie, den Gast auf einem Spaziergang erneut auszuquetschen. Was hörte er von seinen lieben Eltern? Was für Zukunftspläne hatte er? Was sagte Tantchen, dass er nun schon so lange von ihr fort war? Doch Bonni war von anderem

Kaliber als wir. Seinen Finten war sie nicht gewachsen. Statt einer Antwort machte er sie auf einen Regenbogen aufmerksam und verjagte mit viel Getue eine harmlose Hummel, die sich in ihrem Haarnetz verfangen hatte. Und bei all dem Hin und Her kam Mutter nicht dazu, ein ernstes Gespräch mit ihm zu führen.

So wurde er immer mehr ein Bestandteil des Hauses wie Möpschen, der Bernhardiner, und die Schwalbe im Klo. Wenn die Eltern über Land gefahren waren, räumte er im Wohnzimmer die Sessel beiseite, rollte den Teppich auf und unterrichtete Fräulein Weber im Tangotanzen. Eins-zwei-Tangoschritt glitten sie engumschlungen auf und ab. Vera und ich saßen auf Vaters Schreibtisch, unsere Köpfe berührten die Füße des großen Friedrich im Goldrahmen, und wir sangen zu den Klängen des Grammophons »Zigeuner, du hast mein Herz gestohlen«. Wir hatten die Petroleumlampe mit einem roten Seidenschal verhängt und fühlten uns fast wie im Kaffee Smolinsky, wo man in dicken, roten Plüschsesseln versank und ein Pianist die neuesten Schlager spielte.

Bald machte sich Bonni auch in der Nachbarschaft angenehm. Besonders bei der Baronin Lipski und deren Tochter Edeltraut, einem rotbackigen Backfisch, der in Schmierstiefeln wie ein beschlagenes Pferd die langen Gänge im

Schloss entlangtrampelte. Auch mit dem Pastor schloss er Freundschaft. Dieser war ein etwas cholerischer Mann, der ungehorsame Konfirmanden gelegentlich noch auf Erbsen knien ließ und keinen Widerspruch duldete. Bonni war da eine Ausnahme. Der Pastor spielte mit ihm Schach und konnte ihn Vater gegenüber gar nicht genug rühmen. Bonni hatte den Diebstahl zweier silberner Leuchter in der Kirche entdeckt und als Erster gleich zehn Mark für ein Paar neue gespendet. »Damit werden Sie nicht sehr weit kommen«, sagte Vater mürrisch, der als Patronatsherr bereits wieder neue Ausgaben auf sich zukommen sah.

»Jeder nach seinen Möglichkeiten«, sagte der Pastor verweisend.

Überhaupt war Bonni mit dem Einspänner oder auf Vaters Rad viel unterwegs. So stieß ich auf ihn beim Brombeersuchen. Er hatte es sich in einer vom Wind geschützten Kuhle bequem gemacht und nahm augenscheinlich ein Sonnenbad, obwohl es recht kühl war und nur eine blasse Sonne am Himmel stand. Hinter ihm im Gebüsch raschelte es unheimlich.

»Was ist das?« flüsterte ich ängstlich. »Hoffentlich kein tollwütiger Fuchs.«

Bonni knöpfte Hemd und Jacke zu und sprang auf: »Nichts wie weg!«

Wir radelten beide in verschiedenen Richtungen davon. Auf dem Waldweg überholte ich Annelise. Sie hastete durchs Unterholz, als sei der tollwütige Fuchs bereits hinter ihr her. Wahrscheinlich wollte sie den Lumpenmann mit seinem Wagen noch einholen, der die herrlichsten Schuhspangen, Ringe und Broschen gegen altes Zeug tauschte, denn sie trug ein Bündel Wäsche unterm Arm. »Das schaffst du nicht mehr!« rief ich ihr zu. »Der ist schon im Luch.«

Aller Gastfreundschaft zum Trotz begann Bonnis Gegenwart Vater allmählich lästig zu werden – »Man möchte ja auch mal wieder unter sich sein.« Die Trennung kam jedoch schneller, als er gedacht hatte. Baronin Lipski hatte sich zum Tee angesagt. Sie hatte gerade ihr Lieblingsthema, die Dienstboten, am Wickel und erzählte: »Stellen Sie sich vor, liebe Gräfin, stiehlt das Mädchen wie ein Rabe und wird auch noch frech und leugnet alles, dabei hat sich Edeltrauts Medaillon bis heute nicht angefunden –«, als das Gespräch durch Bonifacio unterbrochen wurde, der atemlos und blass ins Zimmer kam.

»Ich werde leider heute noch nach Berlin zurückfahren«, sagte er zu meiner Mutter. »Tante muss ins Krankenhaus, ich habe eben von der Post mit ihr telefoniert.«

»Nein, wie schade!« rief die Baronin, und: »Das tut mir aber leid«, sagte Mutter. Im Handumdrehen hatte er seine Sachen gepackt, und wir versammelten uns auf der Terrasse, um ihm nachzuwinken.

»Lassen Sie sich bald mal wieder sehen«, sagte Vater, als wäre ihm nie der Gedanke gekommen, ihn loszuwerden.

»Nur zu gern«, sagte Bonni, sah Mutter und dem Fräulein tief in die Augen, strich Vera und mir sanft übers Haar und setzte sich neben Wilhelm Wenzel, der bereits auf dem Wagen ungeduldig mit der Bogenpeitsche wippte.

Ein paar Tage später erschien der Landjäger.

»Was verschafft uns denn diese Ehre?« fragte Vater. »Haben Sie die Kinder vielleicht beim Kaninchenschießen in fremdem Revier erwischt?« Der Landjäger lachte reserviert.

»Ich würde mich gern einmal mit dem jungen Mann unterhalten, der bei Ihnen wohnt.«

»Der ist abgereist. Was hat er denn ausgefressen?«

Der Polizist warf einen bedeutungsvollen Blick auf Vera und mich.

»Also, ihr beiden«, sagte Vater, »geht mal in den Garten und seht im Regenmesser nach, wieviel es schon geregnet hat.«

Wir verließen das Zimmer und blieben hinter der Tür stehen, um zu lauschen. Was wir zu hören bekamen, ließ unsere Ohren förmlich ins Holz hineinwachsen. Annelise war in der Kirche mit einem Anhänger um den Hals erschienen, den sie kaum beim Lumpenmann gegen ein paar alte Kleider eingetauscht haben konnte. Es gab lautes Getuschel, und der Landjäger wurde darauf aufmerksam gemacht. Nach dem Gottesdienst stellte er Annelise und sagte: »Lischen, woher hast du das?«

»Geht Sie'n feuchten Dreck an«, entgegnete diese in ihrer dorfbekannten Pampigkeit.

»Kind, bring dich nicht ins Unglück.« Der Landjäger nahm den feuersprühenden Stein auf dem Schmuckstück genau in Augenschein. Der Anhänger hatte eine fatale Ähnlichkeit mit dem von der Baronin Lipski als gestohlen gemeldeten Medaillon. »Sag's lieber gleich, wie's war.«

Annelise gestand. Der großzügige Schenker war der Grande gewesen.

»Was Sie nicht sagen.« Vaters Stimme klang fassungslos.

»Es wird noch mehr vermisst.« Dem Landjäger war anzumerken, dass er unserem Bonni das Schlimmste zutraute.

»Vielleicht hat er ja auch die silbernen Leuchter —«

»Der Verdacht besteht«, sagte der Polizist. »Kann ich bitte seine Adresse haben?«

Doch die Nachforschungen der Polizei verliefen im Sande. Die Anschrift erwies sich als falsch. Bonni blieb verschwunden. Zurück kam auch ein Brief für ihn, den wir ihm nachgeschickt hatten. Er war über und über mit Stempeln versehen und trug den handschriftlichen Vermerk: »Auf dem Kirchhof unbekannt.«

Natürlich fiel die ganze Familie über Billi her, als er in den Herbstferien nach Hause kam.

»Du hättest es uns sagen müssen«, tadelte Mutter.

»Was denn?« fragte Billi erstaunt.

»Dass er ein Kleptomane ist«, sagte Mutter.

»So kann man's auch nennen«, sagte Vater.

»Seid ihr verrückt?« Billi fiel aus allen Wolken. »Wie kommt ihr darauf, dass ich das wissen muss?«

»Weil du der Einzige von uns warst, der ihn nicht gerade freundschaftlich behandelt hat.«

»Das hatte einen anderen Grund.« Billi wurde verlegen.

»Den möchten wir jetzt gern wissen«, sagte Vater.

»Meinetwegen. Er hat mir Lucie ausgespannt.«

»Was für 'ne Lucie?« wollte Vater wissen.

»Na, die Schwester von dem Jungen, bei dem ich mit Bonni in der ersten Ferienwoche war.«

»Vergessen wir's«, sagte Vater. Das war leicht gesagt. Ein kleiner Bonni war nämlich unterwegs. Annelise erwartete ein Kind.

»Bonifazius Kiesewetter war ein Schweine-
hund von je –« rezitierte Vater.

»Alfred«, sagte Mutter.

Vaters Manschettenknöpfe fanden sich übrigens wieder an. Sie waren in eine tiefe Die-
lenritze gerollt und mussten sehr umständlich
mit einem Küchenmesser wieder herausgepolkt
werden.

4 Die gläserne Katze

In unserer Nachbarschaft lebte eine alte Dame. Sie bewohnte ein großes Haus mit vielen Türen inmitten eines verwilderten Parks. Außer ihr gab es in dem Haus nur noch ein altes Hausfaktotum und viele Katzen. Bei schönem Wetter ging sie mit ihrer Lieblingskatze an einer zierlichen Leine im Park spazieren und hielt Zwiesprache mit ihren Angehörigen. Sie lagen unter pompösen, verwitterten Grabsteinen, und Efeu überwucherte ihre Namen.

Manchmal ließ die alte Dame den Wagen anspannen, um Besuche zu machen. Wenn sie zu uns kam, liefen wir häufig unter einem Vorwand ins Wohnzimmer oder schoben vom Nebenraum die Schiebetüren leise auseinander. Fasziniert betrachteten wir sie durch den schmalen Schlitz. Sie hatte eine Stimme wie ein Cello, war ziemlich dick, trug auf ihrem dünnen Haar ein lila Häubchen, rauchte Zigarillos und hatte meist im rechten Strumpf ein Loch. Bei der Unterhaltung dominierte das Cello, begleitet von dem Hüsteln meiner Mutter, die Zigarrenrauch schlecht vertrug. »Nennt mich Tante

Thekla, Kinder«, sagte sie lächelnd zu uns und reichte uns ihre kleine rundliche Hand, die wir artig küssten.

Nach einem ihrer Besuche unterhielten sich die Eltern bei Tisch über sie. »Sie ist wirklich eine arme Person«, sagte mein Vater. Mutter seufzte mitfühlend.

»Wieso arm«, fragte meine Schwester Vera, »ihr gehört doch das große Haus?«

»Weil«, sagte Vater, »von ihren vier Kindern nur noch eine Tochter lebt, und die hat …«

»*Attention, les enfants*«, unterbrach ihn Mutter beschwörend. Obwohl wir den Sinn dieses Warnrufes längst kannten, konnte sie es sich nicht abgewöhnen, ihn bei jeder Gelegenheit auszustoßen.

»Hat geheiratet«, endete Vater seinen Satz etwas lahm.

Vera und ich wechselten Blicke. Hier, so schien es, lohnte sich, weiter zu bohren.

»Ihr seid doch auch verheiratet, ist das etwas Schlimmes?« wollten wir wissen.

Mutter raffte sich auf. Sie war herzensgut, aber ihre pädagogischen Fähigkeiten ließen zu wünschen übrig. »Sie hat unter dem Stand geheiratet«, sagte sie energisch, »und nun haltet den Mund und esst, damit wir fertig werden.« Ein Stand war für mich so eine Art Hochsitz. Unter dem also hatte Tante Theklas Tochter geheiratet statt in der Kirche. Toll! Ich beschloss, es ihr nachzutun.

Eines Tages kam Tante Thekla auf die Idee, eine Kindergesellschaft zu geben. Geschmückt mit unseren besten Kleidern, wurden wir von Franz, dem Kutscher, abgeliefert. Wir wurden durch eine Flucht von Zimmern geführt. Schwere rote Samtvorhänge an den Fenstern ließen nur wenig Licht herein. Tische und Stühle waren mit weißen Tüchern verhangen. Überall roch es nach Mottenpulver und ein bisschen nach Zoo. In einem der Zimmer erwartete uns Tante Thekla. Auf Stühlen und Perserbrücken räkelten sich Katzen. Wir waren sehr beeindruckt. So viele Miezes auf einem Haufen fanden wir imponierend.

Zunächst bekamen wir im Esszimmer Schokolade und Zwieback mit Zuckerguss. Die Schokolade war reichlich bitter und der Zwieback ziemlich hart. Während wir verlegen auf den hohen, reichgeschnitzten Stühlen saßen und den Zwieback in die Tassen stippten, sahen uns aus goldenen Rahmen Männer und Frauen missbilligend an. Die alte Dame versuchte, sich mit uns zu unterhalten, aber wir sagten nur Ja und Nein und rutschten unbehaglich auf unseren Sitzen hin und her.

Erst als wir wieder zu den Katzen zurückkehrten und Tante Thekla uns einen Augenblick allein ließ, legte sich unsere Befangenheit. Einer der Jungens zog einen fetten Kater am Schwanz. Wir begannen zu kichern und zu schubsen. Neugierig betrachteten wir die vielen Dinge, die auf Tischen und Kommoden lagen. Da gab es goldene Tabaksdosen, Pfeifenreiniger, Zigarettenetuis, verschnörkelte Silberschalen, merkwürdige, mit rotem Samt ausgeschlagene Schatullen und zierliche Döschen aus Elfenbein. In einer Glasvitrine standen porzellanene Schäfer und Schäferinnen. Sie wurden von einem Mops aus dunkelblauem Glas bewacht, der ein Glöckchen um den Hals trug. Wir schrieben unsere Namen auf das staubige Glas des Wandspiegels und drängten uns an den Fenstern zusammen, um in den Park zu schauen. Die große Rasenfläche vor der Terrasse war lange nicht geschnitten und das Unkraut bis zu den Stufen vorgedrungen.

Als die alte Dame wieder ins Zimmer kam, trug sie unter dem Arm einen Karton mit Holzpferden. Sie hatten richtige kleine Schweife aus Rosshaar, liefen auf Rädern und schienen ebenso alt wie unsere Gastgeberin zu sein. Schwerfällig bückte sie sich, stellte die Pferde in eine Reihe, befestigte an jedem eine lange Schnur, ließ uns Platz nehmen, gab jedem von uns eine Schnur in die Hand und forderte uns auf, die Schnur um ein Stück Pappe zu wickeln.

Wer am ersten sein Pferdchen an sich herangezogen hatte, ohne es umzuwerfen, war Sieger.

Wir sahen uns verdutzt an. Schließlich durften wir schon ab und an mit der Flinte schießen. Solche Babyspiele fanden wir unter unserer Würde. Um es kurz zu machen, es wurde die trostloseste Kindergesellschaft, die wir je erlebt hatten. Wir gähnten verstohlen und kicherten heimlich über Tante Thekla, die im rechten Strumpf wieder ein Loch hatte. Als wir mit höflicher Begeisterung eine Art Blindekuh spielten, von uns »Hänschen-Piepemal« genannt, geschah es. Vetter Carl trat ausgerechnet der Lieblingskatze Puschi kräftig auf den Schwanz. Puschi sauste fauchend auf den Kachelsims des Kamins, versuchte sich an einer Vase festzuhalten und fiel mitsamt der Vase auf ein Nähtischchen. Wir krümmten uns vor Lachen.

Von nun an lachten wir sinnlos über alles.

Traurig blickte Tante Thekla auf die Scherben, nahm ihren Liebling auf den Arm und schickte uns in den Park. Erleichtert rannten wir hinaus. Eine Weile spielten wir in dem dichten Gestrüpp Versteck, bis es uns zu langweilig wurde. Wir beschlossen, in dem Haus auf Entdeckungen zu gehen. Wir schlichen durch den Hintereingang an der Küche vorbei einen dunklen, nach Äpfeln riechenden Gang entlang und kamen uns wie die Frauen vom Ritter Blaubart vor, als wir die erste Tür öffneten. Auch hier waren die Möbel verhängt, es roch muffig nach Mäusen, und an den Wänden stapelten sich alte Kartons und Zeitungen. Im nächsten Zimmer lagen die Tische voll von Noten und Büchern. Die dritte Tür führte in ein kleines Kabinett. »Guckt mal, wer da sitzt«, wisperte meine Schwester. Leise vor sich hin murmelnd saß die alte Dame im Lehnstuhl, umgeben von verblichenen Fotografien. Die meisten zeigten Kinder in unserem Alter. Es waren immer die gleichen Gesichter: herausfordernd, verträumt, maulig oder lächelnd. Tante Thekla war wieder in die Vergangenheit zurückgekehrt, sie bemerkte uns nicht.

»Sind das ihre?« flüsterte Carl draußen auf dem Gang.

»Wo sind sie denn geblieben?«

»Tot«, sagte Vera lakonisch.

»Und eine hat unter dem Hochsitz geheiratet«, gab ich meinen Senf dazu.

»Mensch, bist du dämlich«, sagte mein Vetter verächtlich, »mit so was sind wir auch noch verwandt. Es tut mir leid, dass ich ihre dusselige Katze getreten habe«, setzte er etwas zusammenhanglos hinzu.

Schweigend trotteten wir in den Park zurück. Uns war die Lust nach weiteren Abenteuern vergangen. Die Schatten der großen Tannen fielen über den Rasen. Ein steinerner Jüngling zielte mit einem Speer nach uns.

Wir waren froh, als wir endlich nach Haus fahren konnten. Tante Thekla verabschiedete uns im Flur. »Kommt mal wieder«, sagte sie, aber sie sah uns dabei nicht an.

»Klar«, sagte Carl und nahm Puschi auf den Arm. »Wenn Puschi Junge hat, möchte ich gern eins haben. Es ist eine hübsche Katze.«

»Hat es euch gefallen?« fragte die alte Dame, und diesmal sah sie Carl sehr genau an.

»Klar«, sagte Carl und wurde ein bisschen rot. »Aber weißt du, das nächste Mal spielen wir lieber Krokett oder so, und dann machst du uns 'ne Bowle, die dürfen wir nämlich sonst nicht trinken. Und gibst uns eine von deinen Zigarillos für unsere Indianer-Pfeifen.« Er lächelte Tante Thekla vertraulich an. Tante Thekla lächelte zurück. Womit Carl wieder bewiesen hatte, dass er, wie seine alte Kinderfrau stolz behauptete, jeden um den Fingern wickeln konnte, wenn er wollte.

Draußen beschlossen wir, als Ersatz für die zerbrochene Vase Tante Thekla gemeinsam etwas zu schenken. Wir stritten heftig, was wir kaufen wollten. Bis Kusine Rotraud dem Streit ein Ende machte. Sie strich geziert über ihre Haare und bemerkte nachsichtig: »Natürlich kommt nur eine Vase in Frage.« Wir beugten uns ihrer großen Lebenserfahrung. War sie doch bereits seit einem Jahr in einem Internat und fuhr allein mit der Bahn bis Berlin.

Am nächsten Markttag trafen wir uns in der Kreisstadt. In einem Haushaltsgeschäft fanden wir eine Vase aus durchsichtigem Glas in Form einer Katze. Noch nie hatten wir etwas so Wunderbares gesehen. Tante Thekla bedankte sich bei jedem von uns mit einer bunten Postkarte. Die schönste bekam Carl. Sie zeigte eine Katze, die richtige Glasaugen hatte und mächtig schielte. Ein paar Wochen später brachte Mutter der alten Dame einen Korb Erdbeeren und nahm mich mit. Während die beiden sich unterhielten, schnüffelte ich ein wenig herum. In dem kleinen Kabinett stand zwischen den Fotografien unsere Glaskatze; aus ihrem Bauch wucherten üppig Vergissmeinnicht. Sie schien mich anzublinzeln …

5 Unsere heiligsten Kühe

Gäste gehörten im Sommer zum Haus wie Fliegen in den Kuhstall. Es gab Frühaufsteher, die bereits vor dem Frühstück zwischen Garten und See unruhig hin und her pendelten und Vater beim Baden störten. Eine schon ziemlich taube Tante setzte sich sogar in den Kahn, um ihm beim Schwimmen zuzusehen, während Vater bei 17 Grad Wassertemperatur sie verzweifelt umkreiste und ihr vergeblich klarzumachen suchte, dass er gern herauskommen würde, aber keine Badehose anhabe.

Es gab Langschläfer, die den Kaffee erst zu sich nahmen, wenn bereits die Kartoffeln fürs Mittagessen abgegossen wurden. Manche konnten nur bei völliger Dunkelheit Ruhe finden, und verschandelte Tapeten erinnerten an ihre Versuche, sich die kleinsten Ritzen zwischen Gardine und Fensterrand mit Stecknadeln abzudichten. Andere schliefen bei weit geöffnetem Fenster, und Gewitterregen ergoss sich auf den 200 Jahre alten Sekretär. Aber Gäste waren heilige Kühe. Sie durften eben alles – auch die Wurst aushöhlen, das Ei mit dem Messer köpfen, sich Marmelade und Butter auf den Kuchen schmieren und noch vor dem Nachtisch rauchen.

Tante Barbara war eine solche heilige Kuh, und zwar eine besonders anstrengende. Sie war eine rundliche, behände Person mittleren Alters, die vor Unternehmungslust und Vitalität wie ein Foxterrier ständig zu vibrieren schien. Sie schwamm mühelos über den See und wieder zurück, was wir uns nur trauten, wenn jemand im Kahn neben uns herfuhr. Mit Tante Barbara eine Radtour zu machen bedeutete, auch bergauf zügig in die Pedale treten zu müssen. Und wenn wir uns nach einer ihrer Unternehmungen gerade mit hängender Zunge in den nächsten Sessel geworfen hatten, rief sie schon wieder: »Und was können wir jetzt mal machen?«

»Meine liebe Bärbel ist ein rechter Quirl!« pflegte ihr verstorbener Mann resigniert zu sagen. Der Ahnungslose hatte sich in sie verliebt und auch mit ihr verlobt, als ihr Temperament durch eine gerade überstandene Lungenentzündung wohltuend gebremst war.

Tante wusste wenig mit sich anzufangen und wollte mit Picknicks, Nachbarbesuchen und Kahnfahrten ständig amüsiert werden. Bei schlechtem Wetter wuselte sie mit dem fragenden Ruf »Gertrud?« von Zimmer zu Zimmer, so dass wir jedes Mal unser Spiel unterbrechen und uns, wie es der Anstand erfordert, erheben mussten. Bei einem ihrer Spaziergänge mit dem Bernhardiner brachte sie durch ihr ständiges, sinnlos anfeuerndes »Such, Möpschen, such!« das arme Tier so durcheinander, dass er tatsächlich seine Schnauze in einen Ameisenhaufen steckte und noch Tage danach tote Ameisen ausnieste.

Solche Kleinigkeiten nahmen wir, wenn auch leise seufzend, hin. Doch schwerer wog Mamsells Abneigung gegen diesen Gast. Mutter tat daher alles, um ihn von der Küche fernzuhalten, was schwierig war, denn Tante Barbara kochte für ihr Leben gern. Sie machte Mamsell beim Abschmecken nervös, so dass das Essen entweder wie für Magenkranke gewürzt oder total versalzen war. Wenn Mamsell ihren freien Tag hatte, bemächtigte Tante Barbara sich sofort der Küche und servierte uns irgendetwas Raffiniertes, Ausländisches, was unsere an Kartoffeln und Stippe gewöhnten Gaumen ablehnten. Außerdem war hinterher die Küche in einem Zustand, der Mutter verzweifelt nach uns rufen ließ: »Los, Kinder, helft, alles muss wieder an seinem Platz sein, wenn Mamsell kommt!«

Ein gutes Trinkgeld hätte wahrscheinlich Mamsell umstimmen können, aber davon hielt Tante Barbara nichts. Sie zog es vor, jedem eine »kleine Freude« in Form eines hübsch verpackten Päckchens zu machen. Aber obgleich ihre Geschenke weder besonders exotisch noch besonders langweilig waren, fand sie mit ihnen keinen rechten Anklang. Die Inselbücher, die sie für uns aussuchte, hatten wir schon. Die liebevoll gehäkelte Stola passte zu keinem von Mutters Kleidern, und die Wolle für Mamsell ließ sich schlecht stricken. Möpschen kaufte sie ein wertvolles Lederhalsband; aber als wir ihn damit schmücken wollten, tat er, als sollte er erwürgt werden, und so nahmen wir es wieder ab.

Einmal brachte sie den Eltern und uns ein gemeinsames Geschenk mit: ein Riesenpuzzle. An einem verregneten Sonntag machten wir uns darüber her. Vater verlor schnell die Geduld und war drauf und dran, die Stückchen einfach mit der Schere passend zu schneiden. Auch uns wurde das Ganze auf die Dauer zu mühsam. Wir verstauten das Puzzle in einer leeren Kommodenschublade im Gastzimmer und holten unser altes Halma-Spiel hervor.

Im Jahr darauf hatte Tante einen recht ungünstigen Zeitpunkt für ihren Besuch gewählt. Er fiel mit Onkel Karls Geburtstag zusammen, was bedeutete, dass wir sie drei Tage sich selbst überlassen mussten. Tante Barbara sah keinen Grund, deshalb ihre Reise zu verschieben. Sie werde schon ein Auge auf Haus und Personal haben.

»Bloß nicht«, seufzte Mutter. »Sie wird sich mit Mamsell anlegen, und dann bekommt die wieder ihre Migräne.«

Mamsell nahm denn auch die Ankündigung, drei Tage allein mit unserem Gast unter einem Dach sein zu müssen, recht wortkarg auf, so dass Mutter, von den schlimmsten Befürchtungen geplagt, den Geburtstag gar nicht so recht genießen konnte. Einen Tag eher als geplant, fuhren wir wieder zurück.

Unser erster Weg führte in die Küche im Souterrain. Mamsell war nirgends zu sehen. Dafür ertönten aus dem Esszimmer laute Stimmen, die zweifellos Mamsell und Tante Barbara gehörten. »Mein Gott, sie liegen sich in den Haaren!« Mutter eilte nach oben, wir hinterher.

Im Esszimmer bot sich uns ein erstaunliches Bild. Der Tisch war ausgezogen und über und über mit Puzzlestücken bedeckt. Darüber gebeugt saßen Seite an Seite Mamsell und Tante. Mamsell hatte offensichtlich das Kommando. Assistiert von Tante Barbara, setzte sie die Teilchen zu üppig wuchernden Urwaldpflanzen und farbenprächtigem Getier zusammen.

»Da seid ihr ja wieder!« rief unser Gast. »Ihr glaubt gar nicht, wie geschickt Mamsell ist.«

»Die gnädige Frau ist auch nicht schlecht«, brummte Mamsell geschmeichelt.

»Ein herrliches Spiel, nicht wahr?« Tante

bückte sich und klaubte Möpschen den Torso eines Kolibris aus dem Fell. »Ich hatte ganz vergessen, dass ich es euch geschenkt habe.«

»Und was du uns damit für eine Freude gemacht hast«, sagte Mutter aufrichtig.

»Das kann man wohl sagen«, pflichtete Vater ihr bei.

Zwar konnten wir bis zu Tantes Abreise das Esszimmer nicht mehr benutzen, und Mamsell war mehr mit dem Puzzle als mit dem Einkochen beschäftigt, aber das nahmen wir gern in Kauf. Ruhe und Frieden herrschten im Haus. Nur Lore, unser Hausmädchen, maulte über die vielen Krümel auf dem Teppich im Wohnzimmer, in dem wir jetzt unsere Mahlzeiten einnahmen.

»Wir müssen alle Opfer bringen«, sagte Vater und betrachtete angewidert einen Soßenspritzer auf seinem Lieblings-Sofakissen.

6 Das gestörte Picknick

Höchstwahrscheinlich wäre uns die Bekanntschaft mit Neumanns erspart geblieben, wenn Großtante Adele nicht im ungeeignetsten Augenblick – zwei dürre Sommer und die Maul- und Klauenseuche im Kuhstall – ihr Testament geändert hätte. Als Vater erfuhr, dass er enterbt worden war, sagte er nur trübe: »Auch das noch!« und kürzte unser Taschengeld um die Hälfte.

Er zog sich in sein Arbeitszimmer zurück, um in Ruhe über seine wirtschaftliche Lage nachdenken zu können, und verbat sich jede Störung. Nachdem er seinen Geist mit mehreren Flaschen alten Burgunders erleuchtet hatte, kam er wieder zum Vorschein und verkündete: »Wisst ihr was, das Beste ist, ich verkaufe das Häuschen am See als Wochenendhaus.«

»Ich höre immer Haus«, sagte spitz Mutter, die verärgert war, weil sie, geängstigt durch Vaters düstere wirtschaftliche Zukunftsprognosen, voreilig auf ein neues Frühjahrskostüm verzichtet hatte. »Wenn du damit die alte Bruchbude da unten meinst …«

»Es kommt immer auf die Perspektive an, aus der man so etwas sieht.« Vater entwarf auf einer unbezahlten Rechnung eine schwungvolle Annonce für die Tageszeitung, in der viel von landschaftlicher Schönheit, aber wenig von dem Haus stand.

Nach etwa vierzehn Tagen klingelte eines Freitagmittags das Telefon. Vater legte die Hand über die Muschel und flüsterte aufgeregt: »Jemand, der das Haus besichtigen will, Trudel! Was soll ich ihm sagen?«

»Übers Wochenende einladen«, zischte Mutter zurück. »Sei doch nicht so ungeschickt!«

Mutter verschwand in der Küche, um mit Fräulein Martha, unserer Mamsell, das Menü für Sonnabend zu besprechen, und Vater schenkte sich einen doppelten Kognak ein.

»Was fangen wir bloß mit ihnen an, damit sie das Haus auch kaufen?« fragte Vater, als Mutter zurückgekommen war. »So ein Bankdirektor ist doch sicher sehr anspruchsvoll.«

Mutter schlug ein Picknick vor. »Ein Picknick!« rief Vater gedehnt. »Und wenn es nun regnet?«

»Die Schwalben fliegen zu hoch«, sagte Mutter unerschüttert, »es gibt bestimmt kein schlechtes Wetter.«

Es regnete wirklich nicht. Aber am Sonnabend, so gegen vier Uhr nachmittags, Mutter stellte gerade Blumen in die Vasen, fing unsere Mamsell an, das Lied »Zigeuner, du hast mein Herz gestohlen« zu singen.

Mutter ließ fast die Vase mit den Rosen fallen und rief:»Alfred, was machen wir bloß, Fräulein Martha bekommt ihre Stimmungen!«

Eine halbe Stunde später verließ Fräulein Martha die Küche, und um sieben Uhr kündigte sie schluchzend zum fünftenmal in diesem Jahr. Glücklicherweise stand der Spargelpudding, ihr Geheimrezept, bereits im Wasserbad, so dass wenigstens das Abendbrot gerettet war. Aber was sollte aus den Vorbereitungen für das morgige Picknick werden?

Mutter jagte uns alle in die Küche, und wir taten unser Bestes. Nachdem die Kräuterbutter den Kopf des Bernhardiners zierte, die Eier beim Kochen geplatzt waren und Vater sich den Daumen am Büchsenöffner lädiert hatte, erschien Fräulein Martha in einem geblümten Morgenrock auf der Bildfläche. Sie nahm mir das Glas Erdbeermarmelade, das ich hinter der Schranktür auslöffelte, aus der Hand, nannte Mutter einen kaltherzigen, gefühllosen Menschen und warf uns aus der Küche. Bald drangen liebliche Düfte in das Wohnzimmer, und Mutter ließ sich erleichtert in einen Sessel fallen.

Ein wenig später standen wir auf der Terrasse und lauschten dem Motorengeräusch, das langsam näher kam. Als es plötzlich verstummte, schloss Vater die Augen und sagte: »Verdammt, jetzt sitzen sie bei der Lehmkuhle fest!« Eine Befürchtung, die sich glücklicherweise nicht bestätigte.

Trotzdem, es war ein ziemlich erschöpftes Ehepaar, das, gefolgt von einem Mops, aus dem Auto kroch.

»Ganz schönes Ende bis zu Ihnen«, meinte Direktor Neumann und wischte sich die Stirn.

»Nur ein Katzensprung von der Hauptstraße, wenn man die Abkürzung kennt«, beruhigte ihn Vater.

»Und dieser Sand!« Der Direktor sah stirnrunzelnd die staubige Dorfstraße entlang.

»Besser als jede Teerstraße, es muss nur regnen«, versicherte Vater und streichelte den Mops, der missmutig nach seinen Fingern schnappte.

Angesichts des Spargelpuddings, des frischen Schinkens und der Zitronencreme erholten sich die Gäste sehr schnell von den überstandenen Strapazen. Die Juninacht tat ihr Übriges. Sie beleuchtete den Rasen vor dem Haus mit zahllosen Glühwürmchen und war so mild und würzig wie eine Fasanenpastete.

Nach dem Abendbrot führten wir die Gäste zum See hinunter. Auch hier schien die Natur mit uns im Bunde zu sein. Der See glitzerte prächtig im Mondlicht, Grillen und Frösche gaben ihr Bestes, und die Mücken, sonst sehr zahlreich vertreten, hatten sich diskret zurückgezogen.

Trotz Nachtigallengesang und blühender Heckenrosen rings um das verwitterte Häuschen blieb der Geschäftssinn dieses Mannes härter, als Vater erwartet hatte. »Ziemlich feucht hier« und »Allerhand zu reparieren« war alles, was er sagte. Immerhin schien er einem Kauf nicht abgeneigt, und Vater und er beschlossen, nach dem Picknickausflug das Haus am Tage noch einmal genau anzusehen.

Am nächsten Morgen spannten wir Robert nach dem Frühstück vor den Wagen, Vater half Frau Neumann galant beim Einsteigen, verstaute den Mops zu ihren Füßen, und ich zwängte mich zwischen das Ehepaar. Bevor die Eltern vorn Platz nahmen, warfen sie einen besorgten Blick auf Robert, der sie tückisch mit angelegten Ohren musterte. Der Wallach war empört, dass man ihn am Feiertag mir nichts, dir nichts aus der Koppel geholt hatte, um einen überfüllten Wagen durch den Sand zu ziehen. Sein Schnauben verhieß uns nichts Gutes.

Wir rollten im schlanken Trab die Kiefernschonungen entlang, überquerten eine kleine Brücke und hielten auf einer von Birken bewachsenen Anhöhe. Von hier hatte man einen weiten Blick übers Land. Doch unsere Gäste lauschten recht teilnahmslos Vaters begeisterten heimatkundlichen Erklärungen. Trotz des herrlichen Sommertages war die Stimmung nicht so gut, wie wir erwartet hatten. Dabei war unsere Fahrt recht glatt verlaufen. Robert hatte nur zweimal versucht, sich auf die Deichsel zu legen, und es war ihm nur für ein paar Minuten gelungen, die Zügel mit dem Schweif festzuklemmen und durchzugehen.

Vielleicht war es die allzu nahe Berührung mit der Natur, die Neumanns Unbehagen bereitete. Die Frau strich ängstlich mehrmals über das weiche Gras, als sei es eine staubige Parkbank, ehe sie sich setzte, und der Direktor entfernte angewidert eine Raupe von seinem Hosenbein.

»Glaubst du, dass deine Idee wirklich so gut war?« flüsterte Vater Mutter zu, und sie zuckte bekümmert die Achseln.

Der Anblick des umfangreichen Picknickkorbes stimmte unsere Gäste wieder heiterer. Sie warteten kaum ab, bis Mutter Papierservietten und Messer und Gabeln verteilt hatte, sondern griffen so herzhaft zu, als hätten sie gerade einen Hungerstreik hinter sich. Sie lobten Fräulein Marthas Pasteten und vertilgten in kurzer Zeit jeder drei Brötchen, zwei harte Eier, dazu ein gebratenes Hähnchen und wandten sich gerade entschlossen dem Käsekuchen zu, als Vater, wild mit den Armen fuchtelnd, in die Höhe sprang. Wir folgten erstarrt seinen Blicken. Statt des friedlich grasenden Roberts sahen wir den verängstigten Mops. Verfolgt von einer Herde Kühe keuchte er den Hügel hinauf. Vater eilte, um das Schlimmste zu verhüten, dem Hund zur Hilfe. Zu spät! Die erste Kuh hatte ihn bereits erreicht. Sie senkte nachdenklich den Kopf, als ob sie über etwas intensiv nachzudenken habe, und gab dem Mops einen Stoß, dass er wie ein Tennisball im Netz zwischen uns landete und in dem Käsekuchen steckenblieb. Es gab ein wildes Durcheinander. Von zornigen Kühen umgeben, die immer noch versuchten, dem Hund nach dem Leben zu trachten, bemühte sich Vater, Frau Neumann vom Boden zu reißen, um sie in Sicherheit zu bringen. Endlich gelang es uns, die Kühe wieder in die Koppel zurückzutreiben. Doch wo war Robert? Er hatte sich sachte davongemacht. Kein Gedanke, ihn wieder einzufangen.

Es blieb uns nichts anderes übrig, als uns zu Fuß auf den Heimweg zu machen. Es wurde ein beschwerlicher Marsch, denn Frau Neumanns Hacken waren ungeeignet für unsere von Kiefernwurzeln überzogenen Wege. Im Hof begrüßte uns Robert mit freudigem Wiehern. Er umtänzelte die große Limousine des Direktors und keilte ab und zu übermütig wie ein Füllen nach ihr. Jedes Mal, wenn er sie traf, gab das Auto einen schmerzlichen Laut von sich. Vater riss Robert sehr unsanft im Maul und führte ihn in den Stall. Neumanns betrachteten unterdessen wortlos ihr ramponiertes Auto.

Der Abschied war kurz und kühl. Von einem Kauf war keine Rede mehr. Vater sagte, die Rechnung, die er für Roberts Missetat habe bezahlen müssen, sei fast so hoch gewesen wie seine für das Haus geforderte Summe. Doch was viel schlimmer war: Fräulein Martha verließ uns wirklich. Wir hatten vergessen, ihre stundenlang gerührte und Vater zuliebe gebackene Sandtorte auf unser Picknick mitzunehmen.

7 König Pimpernel

»Na, denn noch schöne Urlaubstage«, sagte der Taxifahrer und ließ, ungeachtet des strömenden Regens, Stefanies Koffer an der Gartenpforte stehen. Sie zog ihn bis zur Haustür hinter sich her und kramte die Schlüssel hervor. Während sie Koffer und Tasche im Flur abstellte, floh wie üblich allerlei kleines Getier, das sich, vor Kälte und Nässe Schutz suchend, durch Spalten und Risse in den Flur gedrängt hatte, erschreckt in alle Richtungen und verschwand unter der Scheuerleiste und dem rotbraunen aufgerollten Kokosläufer. Als sie durch die Räume ging, empfing sie als Erstes das hauseigene Parfum, eine Mischung aus spakigen Kleidern, frischer Farbe und irgendetwas Verfaultem, das sich später als eine unter den Küchentisch gerollte Kartoffel entpuppte. So mühte sie sich, wenigstens eines der Fenster in der Diele zu öffnen, was ihr mit einigen Schwierigkeiten gelang, denn der frischgestrichene Rahmen war mal wieder von Farbe verklebt. Das Gleiche tat sie im Wohnzimmer, voller Angst, bei dem herzhaften Versuch könne die Fensterscheibe sich aus dem bröckligen Kitt lösen. Dabei fiel ihr eine dicke Spinne auf die Hand, und es war schwer zu sagen, wer wen mehr erschreckte. In den Räumen war es angenehm warm. Der Nachbar hatte wohl vorsorglich die Heizung angestellt, und der Durchzug ließ einen Schwall frischer Seeluft durchs Haus strömen.

Im Lauf der Jahre sah sich Stefanie immer weniger imstande, den schweren Koffer die steile Treppe nach oben in die Mansarde zu bugsieren. So packte sie ihn unten aus und trug Stück für Stück hinauf, sortierte die Kleider in den kleinen Verschlag, der als Schrank diente, und die Wäsche in die Kommode. Das Zimmer, in dem sie sich seit vielen Jahren einquartierte, war mehr und mehr modernisiert worden. Man hatte den Bodenraum neben der Schrägwand isoliert, den Holzfußboden neu lackiert, einen Durchlauferhitzer unter dem Waschbecken angebracht, einen Heizkörper installiert und hier das einfache Glasfenster durch Thermopanescheiben ersetzt. Das einzige altmodische Stück war die Matratze, wie übrigens in den anderen Schlafzimmern auch. Sie war bestimmt mehr als fünfzig Jahre alt und natürlich noch dreigeteilt. Wem vorher Rückenschmerzen unbekannt gewesen waren, der lernte sie jetzt kennen. Nur Loni, der Hausbesitzerin und Freundin, schien der liebe Gott ein völlig anderes Kreuz beschert zu haben. Ihre Matratze in dem ehelichen Schlafzimmer war die schlimmste von allen und ließ die meisten Gäste das großzügige Angebot, dort einzuziehen, abschlagen. Außer auf Dellen und Buckeln lag man darauf wie auf einem schrägen, ständig wippenden Brett, was Loni als besonders gemütlich empfand. So verhallten Stefanies Mahnungen, doch endlich diese ungesunden alten Dinger rauszuschmeißen, denn ein Drittel seines Lebens verbringe man schließlich im Bett, ungehört. Auch störte es sie überhaupt nicht, dass man sich im Freundeskreis erzählte, einige Gäste hätten noch durchaus aufrechten Ganges und elastischen Trittes ihr Schlafzimmer aufgesucht und seien am Morgen darauf um Jahre gealtert, stöhnend und in greisenhafter Haltung am Frühstückstisch erschienen.

Stefanie ging nach unten, nahm aus dem kleinen Bauernschrank in der Diele eine Tasse und brühte sich in der Küche einen Tee auf. Mit dem Geschirr und einem Teller in der Küche vorgefundener ziemlich muffiger Kekse ging sie ins Wohnzimmer und nahm sich das Gästebuch vor. Von den nächtlichen Martyrien war darin allerdings nichts zu lesen, umso mehr von Regentagen. »Anfangs war es zum Verzagen, denn der Petrus war uns gram, bis nach circa zwanzig Tagen doch die liebe Sonne kam.«

Wie sie feststellte, war sie der erste Gast gewesen. Das Häuschen war von Lonis Ehemann Anfang 1962 recht preiswert erworben worden. Er hatte die ewigen Auseinandersetzungen, wohin man in den Ferien mit den Kindern aus zwei Ehen reisen sollte, satt gehabt. Im Februar war sie zum ersten Mal hingefahren, bei Windstärke neun und Eisregen. Es war die erste längere Strecke nach Lonis Führerscheinprüfung, die erst nach dem dritten Anlauf geklappt hatte. Der Fahrlehrer war entzückt gewesen über diese sichere Einnahmequelle und hatte sie väterlich ermahnt, nur ja nicht die Geduld zu verlieren.

Stefanie saß ziemlich unruhig neben ihr und schloss bei jedem Überholmanöver krampfhaft die Augen. Aber die Fahrt verlief reibungslos, bis auf die Kleinigkeit, dass an der Tankstelle weder der unbedarfte Lehrling noch Loni die Öffnung des Benzintanks fanden.

Das Haus empfing die Freundinnen im Schneegestöber, vom Nordost umbraust, mit klappernden Dachziegeln. Es lag wie verloren in einem kahlen Garten, vor dem sich bis auf ein paar zerstreut liegende Nachbarhäuser leer und endlos die Heide dehnte. Nur im Wohnzimmer gab es eine Gasheizung, so dass sie es vorzogen, ihre Mäntel anzubehalten. Das Zimmer war mit den alten Möbeln der früheren Hausbesitzerin eingerichtet, die, neu gestrichen und wie in der Diele mit Blumen bemalt, ganz behaglich wirkten. Auch im Mansardenzimmer, in das Stefanie sich einquartiert hatte, herrschte eine Temperatur von etwa null Grad, und es zog heftig durch die breiten Ritzen zwischen Holzverschalung und Boden. Dazu glitzerte das Holz vor Feuchtigkeit, und gelegentlich fiel ein Tropfen auf das kojenartige Bett. Aber mit einem Unterbett und zwei bleischweren Federbetten, die ebenfalls aus dem Haushalt der alten Frau stammten und Stefanie an ihre Flüchtlingszeit erinnerten, einer Wärmflasche und dicken Socken ließ sich die Kälte ganz gut überstehen, und auch die erste Bekanntschaft mit der antiken Matratze war noch einigermaßen auszuhalten. Man war ja noch jung und Kummer gewöhnt. Nur hatte sie in der Nacht ein paarmal das unbehagliche Gefühl, Hunderte von Augen seien auf sie gerichtet. Beim Frühstück mit starkem Kaffee und frischen Brötchen erzählte sie ihrer Freundin davon. Loni lachte. »Das sind die Holzwürmer. Die sitzen noch zu Hunderten in den Brettern. Irgendwann müssen wir da wohl mal mit Petroleum ran.« Aber trotz Kälte und Nässe, einem Boiler im Badezimmer, der nicht anspringen wollte, und klammer Bettwäsche waren es doch drei sehr schöne Tage mit Strandspaziergängen und Erkundungsfahrten über die Insel.

Allmählich wurde das Haus zu dem, wofür es gedacht war: einem Sammelplatz für Mütter mit Kindern und deren Freunden während der Ferien. Kinder aller Altersstufen durchtobten es, und man konnte sich nur immer wundern, wie viele Personen in den fünf winzigen Zimmern Platz fanden und wie man mit dem einen Klo, der einen Dusche, dem einen Waschbecken zurechtkam. Lonis Mann ließ sich in den Ferien nur selten blicken. Gelegentlich kam er an den Wochenenden mit dem Bullenzug, von den Insulanern so genannt, weil ihn die meisten Ehemänner aus der Stadt für die Wochenenden bei den Familien benutzten.

Stefanie verbrachte regelmäßig ihren Urlaub hier, und jedes Mal, wenn sie kam, gab es eine Neuerung: Kostbare Teppiche und Brücken schmückten die Räume, an den Wänden hingen wertvolle Bilder, sämtliche Zimmer waren mit einer Heizung versehen, und ihre Mansarde überraschte sie mit dem Durchlauferhitzer. Nur die Küche war ihrer Freundin gleichgültig. Sie hätte gut für eine Fotoausstellung unter dem Motto »Wie Flüchtlinge damals kochten« dienen können. Von den drei Flammen des Gasherds waren nur noch zwei zu benutzen, und beim Anzünden war es ratsam, wegen der stichartigen Flamme, die man zunächst erzeugte, den Kopf abzuwenden und einen Schritt Abstand zu halten. Der Kühlschrank von der Größe eines Pappkartons hatte selbstverständlich noch kein Tiefkühlfach, und die Spüle musste aus derselben Zeit wie die Matratzen stammen. Als endlich, endlich eine fahrbare Waschmaschine in das Badezimmer einzog, verhedderte man sich in dem langen Kabel, das von ihr in die Diele führte, und beim Schleudern tanzte die Maschine wie ein Derwisch, so dass der Ablaufschlauch, der sich in dem teuren Waschbecken aus Porzellan nicht befestigen ließ, herunterrutschte und das Badezimmer unter Wasser setzte.

Einen Fernseher fand Loni überflüssig, und ihre Gäste wagten nicht zu widersprechen. Sich gegenseitig versichernd, was für eine Wohltat es doch sei, auf diese alle Unterhaltung tötende Flimmerkiste zu verzichten, fand man sich nichtsdestotrotz für den »Alten« oder »Derrick« bei Freunden oder im Kurhaus ein. Auch auf ein Telefon durfte man nicht hoffen, und man stand vor den wenigen Telefonzellen auf der Insel geduldig Schlange. Dagegen war der verwilderte Garten nun tipptopp gepflegt und das Grundstück mit einem Steinwall eingefasst. Das Haus selbst prangte in einem altrosa Außenanstrich, und die Initialen der Freundin schmückten die Vorderfront. Die herrliche, duftende Heide gab es schon lange nicht mehr, dafür jede Menge

Reihenhäuser, eins hässlicher als das andere, und der Autoverkehr konnte sich durchaus mit der Rush-Hour in einer Großstadt messen.

Die erste Partie Kinder war verheiratet und teilweise schon wieder geschieden, und nun, in den neunziger Jahren, stellte sich endlich wenigstens eines der ersehnten Enkelkinder ein. Seinem Erscheinen verdankte das Haus eine Einbauküche mit Waschmaschine und Geschirrspüler, neue Bettwäsche, einen Fernseher, wenn auch ohne Fernbedienung, mit winzigem Bildschirm und nach kurzer Zeit bereits defekt gewordenem Einschaltknopf, und ein Telefon. Nur die Matratzen krümelten und mieften weiter vor sich hin, und Loni widersetzte sich allen flehentlichen Bitten ihrer Tochter, wenigstens für ihr Enkelkind eine neue anzuschaffen, denn diese Matratzen seien ja wohl das Unhygienischste, was es gebe. Hatte sich die Matratze bis jetzt auf Bettina schädlich ausgewirkt? Hatte sie davon eine Allergie bekommen, irgendwelche Stiche von irgendwelchen geheimnisvollen Tieren? Asthma? Nein. Also war doch alles in Ordnung. »Denk doch mal nach, Kind, was das alles kostet!« Und Loni drehte sich wohlgefällig in ihrem neuesten Yves-Saint-Laurent-Kleid vor dem Spiegel.

Stefanie schenkte sich Tee nach, blätterte weiter im Gästebuch und vertiefte sich in die

Gedichte. »Ich bin das kleinste Kind im Haus, doch meine Ferien sind jetzt aus.« Und immer wieder: »Nass war's, kalt war's, windig war's.« Gekritzeltes, Gezeichnetes, Gedichtetes, Geklebtes, alles war in dem fast vollen Gästebuch zu finden. Was war in diesen über dreißig Jahren im Freundeskreis nicht alles passiert! Ehen waren geplatzt und das oft auf schockierende Weise. Die Silberhochzeit eines befreundeten Ehepaares war groß gefeiert worden, mit Toasts auf die gemeinsamen schönen und schweren Jahre, mit Scharaden und neckischen Theateraufführungen. Launige Gedichte wurden vorgetragen, und jemand sang: »Dat du meen Leefsten büs.« Als endlich die letzten Gäste gegangen waren, hatte der Ehemann seinen Ring abgezogen und ganz ruhig zu seiner völlig sprachlosen Frau gesagt: »So, mein Liebling, das war's. Nun möchte ich endlich, endlich meinen eigenen Weg gehen.« Und wie sich herausstellte, hatte er bereits seit zwanzig Jahren eine Geliebte. Es gab Krankheiten, Konkurse, Selbstmorde und grauenhafte Unfälle. Ein Sechsjähriger erdrosselte sich beim Schaukeln, ein anderes Kind trank eine giftige Flüssigkeit und verätzte sich den Magen, und ein Siebzehnjähriger verschwand auf Nimmerwiedersehen in einer Sekte.

Im Vergleich zu diesen Ereignissen war Stefanies Leben eher ruhig verlaufen: ihre Ehe mit dem zwanzig Jahre älteren Mann, der von den Freunden nur »der gute Karl« genannt wurde, das geordnete Leben in dem gemütlichen Reihenhaus, die Halbtagsbeschäftigung nach Karls Tod. »Bist du nicht manchmal traurig, dass du keine Kinder hast?« wollten die Freunde wissen.

»Nein, überhaupt nicht«, sagte sie, und sie meinte es ehrlich. Die Kinder ihrer Freunde reichten durchaus zur Befriedigung ihrer eher verkümmerten mütterlichen Triebe, wobei sich allerdings die Sympathie auf beiden Seiten in Grenzen hielt. Die Mitteilung, die liebe Tante Stefanie werde über sie wachen, während die Eltern auf eine kleine Reise gingen, wurde nicht gerade mit Jubelschreien begrüßt. Stefanies Kochkünste waren mager, und sie konnte einer Meuterei nur vorbeugen, indem sie ein tägliches Frühstücksei bewilligte, das es sonst nur an Sonntagen gab. Das Einzige, was die Kinder, bevor sich das Fernsehen ihrer Seelen bemächtigte, wirklich an ihr mochten, waren ihre Gutenachtgeschichten, die es an Gruseleffekten durchaus mit diesem Medium aufnehmen konnten. Die Kinder waren versessen darauf, auch wenn sie danach Albträume hatten und wimmernd durch die Wohnung geisterten. Dagegen lehnten sie Bücher wie »Was drei kleine Bären im Walde erlebten« oder »Heidi« kategorisch ab. Manchmal gelang es Stefanie sogar später noch, sich gegen das Fernsehen zu behaupten. Sie hatte inzwischen eine ganze Sammlung von Horrorgeschichten. Da gab es die von dem armen Meerschweinchen, das von einem bösen Karnickel als Sklave im Bau gehalten wurde, oder von der betagten Maus, die mit letzter Kraft tief in einen riesigen Käse vorgedrungen war und dann doch verhungerte, weil sie ihr Gebiss zerbrochen hatte. Die Eltern waren entsetzt, und jüngere Mütter, die bereits einer Generation angehörten, der die Wissenschaft eingebläut hatte, Märchen strotzten vor sexuellen Symbolen und Sadismus, sagten zu ihren Männern, Tante Stefanie mit ihrer merkwürdigen Phantasie müsse bei aller Nettigkeit sexuell ja doch ziemlich verklemmt sein. Und dann fielen dunkle Andeutungen über »Alice im Wunderland« und ihren Autor, bei dem ja auch wohl nicht alles gestimmt habe.

Ein Blick aus dem Fenster sagte Stefanie, dass das Wetter sich gebessert hatte. Sie klappte das Gästebuch zu, trug das Teegeschirr in die herrschaftliche Küche und griff nach ihrem Parka, um an den Strand zu gehen. Der Wind hatte nachgelassen. Die Wolken hatten sich verzogen, und die Sonne gab sich Mühe, die viele Feuchtigkeit verdunsten zu lassen. Trotz fortgeschrittener Jahreszeit war die Insel noch voller Urlauber, und von einem einsamen Strandspaziergang konnte keine Rede sein. In den letzten Jahren hatte sich das Strandleben verändert. Burgen gab es nicht mehr und auch nicht mehr die strenge Trennung zwischen Nackten und Bekleideten. Nur die alberne Mode, dass bei kaltem Wetter die Männer sich nur oben herum dick einmummelten und die Frauen zu blankem Busen lange Hosen trugen, war geblieben.

Nach einer Stunde kehrte Stefanie in das Häuschen zurück. Zwei Tage noch, dann würde Loni mit der Enkeltochter erscheinen, Bettina, dem Herzepimpel. Wie hatte sie sich über andere Großmütter lustig gemacht! Jetzt jedoch entblödete sie sich nicht, der Friseuse, dem Berater bei der Bank, der Fußpflegerin und der Schneiderin jedes Mal die neuesten Fotos von ihrem Engelsgeschöpf unter die Nase zu halten. Und da sie eine geschätzte Kundin war, bemühte man sich eilfertig, ihr Entzücken zu teilen. Sie nahm es daher Stefanie auch etwas übel, dass sie sich nur sehr gelegentlich bei ihr blicken ließ, wenn das Kind in ihrer Obhut war.

Am Tage der Ankunft ihrer Freundin bezog Stefanie die Betten und ärgerte sich wie immer über die Matratzen, diesmal vor allem über Bettinas. Sie schlug unwillig mit der Hand darauf. Eine Staubwolke löste sich, so dass sie niesen musste, und etwas Spitzes bohrte sich in ihren Finger. Loni selbst hatte sich, wie Stefanie feststellte, eine Kaschmirdecke, die dreimal so teuer gewesen sein musste wie eine neue Matratze, unter das Bettlaken gelegt.

Die Freundin kam mit Bettina allein. Ihrem Mann lag die Insel nicht besonders. Er fand sie deprimierend. Loni war's nur recht. »Zwei Quengelköppe sind ein bisschen ville«, sagte sie zu Stefanie bei der Ankunft und, mit Panik in der Stimme, zu Bettina, die ihnen voraus ins Wohnzimmer rannte: »Aber bitte nicht mit den Schuhen auf das neu bezogene Sofa!« Die Warnung war berechtigt. Der hellgelbe Seidensatin war überaus empfindlich.

Stefanie half ihr, den Koffer in ihr Schlafzimmer zu schleppen. »Was für eine abgestandene Luft!« Loni riss die Fenster auf, die Stefanie erst vor ein paar Minuten geschlossen hatte, weil es mal wieder regnete.

»Du willst es ja nicht wahrhaben, aber es sind nun mal die Matratzen«, sagte Stefanie.

»Mag sein«, sagte die Freundin, »aber du hast ja keine Ahnung, was das alles kostet! Außerdem, das ist eben der Inselgeruch. Den kannst du in fast allen Häusern finden.«

»Inselgeruch?« sagte Stefanie mit erhobener Stimme. »Das ist ja das Neueste, was ich höre.« Und darüber mussten sie beide lachen.

Gemeinsam brachten sie Bettina ins Bett, und Stefanie nahm die Gelegenheit wahr, darauf hinzuweisen, dass die Matratze für das geliebte Enkelkind eigentlich nur noch aus Staub bestehe. Loni ging jedoch nicht darauf ein, und Bettina verlangte energisch nach einem Schlummerlied, das ihr auch von Stefanie sofort serviert wurde. Es war ein Gedicht über einen kleinen Drachen, und Stefanie erfand ohne Schwierigkeit eine passende Melodie dazu.

> Bin ein kleiner fieser Drache,
> fies, solang es mir gefällt.
> Bin von allen fiesen Drachen
> wohl der fieseste der Welt.
> Fies ist meine Denkungsweise,
> fieser Atem strömt aus mir.
> Ich war fies zu meinen Eltern
> und bin fieser noch zu dir.*

Das Kind wollte mehr und gab keine Ruhe. Aber seine Großmutter meinte, nun sei es genug, und Stefanie versprach ihr die zweite Strophe für ein andermal. Während Bettina noch herumquen-

---

* aus: Jack Prelutsky, »Lied vom fiesen Drachen«, Aus dem Amerikanischen von Ludwig Harig. Aus dem Kinderbuch: Jack Prelutsky / Peter Sis, »The Dragons Are Singing Tonight«.
© 1993 by Jack Prelutsky. Auf deutsch erschienen in: *Jaguar, Zebra, Nerz, Mandrill* ... © 1994 Carl Hanser Verlag München Wien.

gelte und sich nicht damit zufrieden geben wollte, klingelte unten das Telefon, und Loni verließ das Zimmer. »Aber eine Geschichte kannst du mir wenigstens noch erzählen«, sagte Bettina.

»Hm«, sagte Stefanie und starrte düster auf die verrottete Matratze unter dem verrutschten Bettlaken, die sicherlich voller Milben steckte. Milben liebten Matratzen. Sie hatte so ein Tier tausendfach vergrößert in einer Apothekenzeitung gesehen. Milben! Das war das Stichwort. Ihre Phantasie setzte sich sofort in Gang, und es entstand ein ganzes Volk dieser grausligen Geschöpfe. »Was sind denn Milben?« fragte Bettina schon etwas schläfrig und nur undeutlich, denn sie hatte mal wieder den Daumen im Mund.

»Milben gibt es seit Millionen von Jahren, und ein Volksstamm lebt nun in deiner Matratze.«

»In meiner Matratze?«

»In deiner Matratze«, bestätigte Stefanie, »und natürlich, wie jedes Volk, haben sie auch einen König. Was meinst du, wie der heißt?«

Während das Kind nachdachte und Stefanie mit halbem Ohr auf die Stimme ihrer Freundin am Telefon lauschte, legte ihr die Phantasie bereits einen passenden Namen auf die Zunge. »Nun, ich will ihn dir verraten: Scarlet Pim-

94

pernel. Aber«, fuhr Stefanie feierlich fort, »du darfst mit niemandem darüber sprechen. Es ist ein großes Geheimnis, das nur wir beide kennen dürfen.«

Das Kind legte einen Finger auf den Mund und sah sie verschwörerisch an. »Niemand«, versprach es.

Als junges Mädchen hatte Stefanie den Roman »Die scharlachrote Blume« förmlich verschlungen und mit seinem Helden, einem waghalsigen englischen Lord, der unter dem Decknamen »Scarlet Pimpernel« während der Französischen Revolution zahlreiche französische Standesgenossen unter höchsten Gefahren vor der Guillotine rettete, alle Höhen und Tiefen dieses Abenteuers durchlebt. Und erst die mit Missverständnissen, Verstellungen und verhaltener Leidenschaft gewürzte Liebesgeschichte!

»Aber wie ist denn der König in meine Matratze gekommen?« riss Bettina sie aus ihren Gedanken.

»Eine interessante Frage«, sagte Stefanie, um Zeit zu gewinnen, und ließ ihre Augen über die Matratze wandern. »Wahrscheinlich durch das Loch da«, sagte sie dann und deutete auf ein offensichtlich von einer brennenden Zigarette herrührendes kleines Loch, das unter dem verrutschten Laken sichtbar wurde.

Bettina bohrte interessiert darin herum. »Aber es ist sehr klein.«

»Völlig ausreichend für Milben«, sagte Stefanie. In diesem Augenblick kam Loni zurück. »Wer war's denn?« fragte Stefanie und machte dabei Bettina ein Zeichen, ja den Mund zu halten.

»Schröders natürlich.« Schröders waren ein Neuzugang in der Seniorenclique. Obwohl sie eines der schönsten Häuser mal eben aus dem Handgelenk für fünf (oder waren es zehn?) Millionen gekauft hatten, mussten sie sich noch sehr abstrampeln, um in dieser Clique Anerkennung zu finden. Eine Einladung von ihnen bedeutete immer ein fulminantes Essen in einem der teuersten Restaurants auf der Insel, sozusagen Hummer und Kaviar satt. Man rümpfte zwar über diesen zur Schau gestellten Reichtum die Nase, zierte sich aber beim Zugreifen nicht. Die Gastgeber nahmen es demütig hin, dass sie zu fortgeschrittener Stunde selbst kaum noch zu Worte kamen und man sich angeregt über ihre Köpfe hinweg unterhielt. Es war wie in Kinderzeiten, wo der Neue sich erst seine Sporen verdienen musste und sich bis dahin bescheiden im Schatten der Platzhirsche zu halten hatte.

»Sie haben mich für heute Abend eingeladen. Ich hab gar nicht erst erwähnt, dass du auch hier bist. Du wärst ja sowieso nicht mitgegangen, oder?« Loni sah Stefanie fragend an.

Stefanie nickte. Sie hasste diese sich endlos hinziehenden Abendeinladungen. Man saß festgenagelt am selben Platz und hatte sich im Grunde schon nach zwei Stunden nichts mehr zu sagen. »Bestimmt nicht«, sagte sie.

Eine der vielen positiven Seiten ihrer Freundschaft war, dass auf der Insel jeder seine eigenen Wege gehen konnte. Auch diesmal stellte sich wieder ein gewisser Rhythmus ein. Tagsüber gehörte Bettina ihrer Großmutter und dem Strandleben, an den Abenden, an denen Loni reihum Bekannte und Freunde besuchte, dem Stamm derer von Pimpernel. Wenn Loni, bevor sie loszog, sich noch einmal bei ihrem Enkelkind aufs Bett setzte, um ihr Gute Nacht zu sagen, zuckte das Kind jedes Mal nervös zusammen. »Nicht, Omi!«

Ihre Großmutter starrte sie verständnislos an. »Warum soll ich mich nicht an dein Fußende setzen?«

»Es tut ihnen weh«, murmelte Bettina.

»Was tut dir weh?« sagte die Großmutter, mit deren Gehör es nicht mehr zum Besten stand. Aber weil das Kind ein so unglückliches Gesicht machte, holte sie dann doch einen Stuhl. Nach einer Weile verschwand sie, und Stefanie konnte ihre Geschichten über die unglaublichen Vorkommnisse in der Matratze weiterspinnen.

Eines Tages wurde für Loni eine Gegeneinladung fällig, und so kam der Nachmittag, an dem zehn Personen in der kleinen Diele und im Wohnzimmer zusammenkamen und sich mit gekonnter Unbekümmertheit auf Sesselchen und Sofa fallen ließen. Unter ihnen natürlich auch Schröders, die – Gastgeschenke waren in der Clique nicht üblich – Loni mit einem kunstvoll eingepackten exquisiten Parfum überraschten. Sie bewunderten hingerissen alles, sogar einen alten zerlumpten Bettvorleger auf der Diele. Bettina hatte ihn dort hingeschleppt, einen Pappkarton daraufgestellt und Arche Noah gespielt. »Menschen, nehmt mich mit, ich bin doch eine Mutter!« hatte sie dabei die ganze Zeit gerufen. Das Herzepimpel wurde natürlich sehr herausgeputzt, voll Stolz herumgereicht und hatte alle Mühe, sich Frau Schröders innigen Umarmungen zu entziehen. Die Kleine war von den vielen Fremden und den Schlückchen Sekt völlig überdreht und begann plötzlich, den erstaunten Gästen mit durchdringender Stimme eine verworrene Geschichte von Milben in einer Matratze zu erzählen. Die Unterhaltung erstarb, und alles starrte auf das Kind, das in entzückender Unbefangenheit von etwas sprach, wofür man normalerweise den Kammerjäger bestellt hätte.

»Milben, wie reizend«, sagte Frau Schröder, und es war ihr anzusehen, wie sehr sie es ihrer Gastgeberin gönnte, von ihrer Enkeltochter blamiert zu werden. Aber Loni zeigte sich der Situation wieder einmal vollkommen gewachsen. »So ist es nun mal in diesen alten Häusern«, sagte sie unbekümmert und, zu Schröders gewandt: »In Ihrem Haus, hat mir ein Handwerker erzählt, soll es ja nur so von Ratten gewimmelt haben.«

Man wandte sich sehr schnell anderen Themen zu, nämlich der Feststellung, dass das Publikum auf der Insel von Jahr zu Jahr schlechter werde und dass trotz der großen Arbeitslosigkeit niemand bereit sei, im Haushalt zu arbeiten.

Nachdem die Gäste gegangen waren, wappnete sich Stefanie für das, was sie wohl jetzt von Loni zu hören bekommen würde. Aber auch hier reagierte Loni wieder völlig anders. »Deine Phantasie möchte ich haben«, war alles, was sie sagte, und sie betrachtete sich stirnrunzelnd einen dicken schwarzen Streifen auf der Schabracke des Sofas.

»Können sich denn die Leute nie vernünftig die Schuhe abputzen?«

Am nächsten Tag ging diesmal Stefanie mit der Kleinen zum Strand. Ihre Freundin hatte sie darum gebeten, weil sie, wie sie sagte, ein volles Programm habe. Als sie den Strand erreichten, herrschte dort bereits viel Betrieb. Während es sich Stefanie im Strandkorb bequem machte, tobte Bettina mit anderen Kindern herum. Zwischendurch aßen sie allerlei Ungesundes wie Pommes frites, irgendetwas Klebriges mit einer fetten Soße und natürlich Eis. Plötzlich hörte Stefanie, die wieder im Strandkorb eingenickt war, wie Bettinas Stimmchen ganz in ihrer Nähe einem betagten Ehepaar mitteilte, sie habe kein Zuhause. Sie müsse jede Nacht im Strandkorb schlafen. »Du armer kleiner Engel. Wirklich grauenhaft!«, erregte sich die Frau. »Jetzt setzen sie in der Urlaubszeit schon Kinder aus. Früher waren es wenigstens nur Hunde.« Bettina hatte sich zu ihren Füßen gekauert und vertraute ihnen die Milbengeschichte an. »Verstehst du, was das Kind uns sagen will? Sie redet immerzu von einem König und von Milben.«

»Kinder muss man nicht verstehen«, sagte der Mann und vertiefte sich wieder in die Bild-Zeitung.

Früher als üblich kehrte Stefanie mit Bettina in das Häuschen zurück. Dort waren inzwischen erstaunliche Dinge passiert: Loni hatte sämtliche Matratzen ausgetauscht. Die neuen waren von erlesener Qualität, allergiegetestet und bandscheibenfreundlich. Stefanie spürte förmlich, wie sich ihr Rücken auf diese herrliche Lagerstatt freute. Nur das Kind geriet außer sich.

Scarlet Pimpernel samt Hofstaat und Volk für immer verschwunden! Ja, vielleicht sogar auf einer Mülldeponie gelandet, wo sie ihr Leben von hackenden Möwen und von Sturm und Regen bedroht fristen mussten. Bettina schmiss sich auf die Erde, trampelte und schrie und benahm sich wie eine Verrückte. Loni blieb gelassen. Kinder waren nun mal unberechenbar, nie wusste man so recht, was in ihren Köpfen vorging. »Nun wollen wir aber nicht albern sein«, sagte sie schließlich nur.

Merkwürdigerweise fühlte auch Stefanie eine gewisse Wehmut. Galt sie den geschichtsträchtigen Matratzen, die ihr Leben so lange begleitet hatten, oder ihrem Geisteskind Scarlet Pimpernel? Ihre Phantasie tröstete sie sogleich mit dem Einfall, das Volk der Milben habe sich wahrscheinlich rechtzeitig auf den Bettvorleger gerettet und warte nur darauf, neues, noch jungfräuliches Land zu erobern. Das Kind schluchzte immer noch vor sich hin, und selbst die zweite Strophe des kleinen Drachen, die Stefanie ihr vorsang, konnte sie nicht beruhigen.

Ich bin fies, weil ich so fies bin,
fies bei Tag und fies bei Nacht.
Jeder weiß, dass ich so fies bin,
wer mir fies ins Auge lacht.
Nach mir schaut nur selten einer,

wenn ich fies vorüber geh.
Bin ein fieser, fieser Drache,
groß nur wie der dicke Zeh.*

»Selbsterkenntnis«, sagte Loni zu Stefanie.
»Dem Kind so einen Unsinn zu erzählen. Aber
mit Milben ist es nun wohl endgültig vorbei.«
Und sie schlug kräftig auf die neue Matratze,
aus der auch nicht das kleinste Staubkorn ent-
wich.

»Omi ist fies«, schrie Bettina außer sich.
Aber ihre Großmutter reagierte nicht, denn das
Telefon klingelte mal wieder, und sie war schon
halb zur Tür hinaus.

»Pscht!« sagte Stefanie zu der Kleinen. »Be-
ruhige dich. Scarlet Pimpernel ist längst wieder
in deinem Bett. Er hat mir eben zugewinkt.«

»Aber wo denn?« sagte die Kleine und hörte
prompt mit Weinen auf.

»In deinem Kopfkissen«, sagte Stefanie und
gab den klumpigen Daunen in dem ausgebliche-
nen Inlett, das ihr schon längst ein Dorn im
Auge war, einen kleinen Puff.

* s. Fußnote S. 93

8 Die gute Tat

Was für ein bedauernswerter Mann und was
für eine nachdenklich stimmende Geschichte,
dachte Sigrid, als sie dem Ausgang des Stadt-
parks zustrebte. Sie hatte Glück gehabt, gerade
heute schien die lange Regenperiode ein Ende
gefunden zu haben, und die Sonne zeigte sich
wieder, so dass sie ihren Stammplatz aufsuchen
konnte, die Rasenbank. Im Rücken von einem
dichten Wall Heckenrosen abgeschirmt, gab sie
den Blick frei auf eine große Rasenfläche, auf
der nur einige Silberpappeln und eine riesige
Rotbuche standen. Das allerdings hatte gelegentlich den Nachteil, dass sich schwitzende Fußbal-
ler, wie dem Stall zustrebende Kühe brüllend,
austobten und den herrlichen Rasen ramponier-
ten. Von der Nachbarbank hatte ein Obdachlo-
ser Besitz ergriffen. Wie sie pochte er auf sein
Gewohnheitsrecht, nur mit sehr viel mehr Er-
folg. Wenn sein Platz von anderen Leuten besetzt war, drängte er sich ungeniert zwischen
sie, handelte es sich um eine einzelne Person,
rutschte er ihr immer mehr auf die Pelle, in beiden Fällen unappetitliche Geräusche von sich

gebend, sich kratzend oder leise vor sich hin-
murmelnd, bis auch die Dickfelligsten, auch des
strengen Geruchs wegen, der von ihm ausging,
die Stellung räumten. Nur mit alten Damen
gab es gelegentlich Schwierigkeiten. Sie schienen gegen Gerüche jeglicher Art unempfindlich
zu sein, redeten gütlich auf ihn ein und fragten
ihn, ob er nicht Lust habe, sich ein paar Mark
zu verdienen, in ihrem Garten gebe es eine
Menge zu tun. Das wiederum erschreckte den
Berber so, dass er sich einen Schluck genehmi-
gen musste mit der Entschuldigung: »Gut gegen Läuse.« Das war den Damen zwar neu,
aber Grund genug, ihn seinem bedauernswerten Schicksal zu überlassen. Wenn er dann die
Bank wieder für sich alleine hatte, streckte er
sich darauf aus, faltete seine Hände auf dem
recht stattlichen Bauch und gab sich dem Nichtstun hin.

So etwas hätte Sigrid nie gewagt. Sie fläzte
sich auch nicht herum, sondern saß in manier-
licher Haltung da, wie es sich für eine Frau mittleren Alters gehörte, ordentlich gekleidet, mit
gepflegtem Haar und einer damenhaft distan-
zierten Freundlichkeit. Auf ihre weiblich-raffi-
nierte Weise war sie auch sehr hinterher, ihren
Stammplatz zu verteidigen, und hatte im Laufe
der Jahre ihr eigenes System entwickelt. Sie
nahm sich inzwischen das Recht heraus, allein

zu bestimmen, wer neben ihr sitzen durfte. So pflanzte sie sich in die Mitte der Bank und belegte wie in einem Eisenbahnabteil den Rest mit Strickjacke, Sonnenschirm, Sonnenmilch, Zeitschriften und Obst, so dass sich die meisten Spaziergänger schon davon abschrecken ließen. Trotzdem blieb gelegentlich jemand stehen und sah sie fragend an. Aber dann genügte der Hinweis, im Prinzip sei die Bank besetzt, ihre beiden Enkel holten sich nur ein Eis. Es gab jedoch auch Unerschrockene, die trocken sagten: »Na, bis jetzt sind sie ja noch nicht da«, oder: »Es ist ja genug Platz vorhanden«, und sich in aller Ruhe neben ihr niederließen. Vor allem junge Frauen fürchtete Sigrid. Sie kamen mit ihrem Baby in der Kinderkarre den kleinen Kiesweg entlanggestampft, ließen sich neben ihr auf die Bank fallen, zerrten mit besitzergreifender Bewegung das erschreckt zappelnde Kleinkind aus der Karre und steckten ihm eine mit Tee gefüllte Nuckelflasche in den Mund, was in Sigrid jedes Mal unangenehme Erinnerungen an ihre eigene Kindheit weckte, als sie noch von ihrer älteren Schwester wie eine Puppe behandelt worden war und ihr fürchterliche Dinge wie ungesüßter Rhabarbersaft oder Zuckerwasser eingeflößt wurden.

Ebenso lästig waren die Trostbedürftigen. In der Art, wie sie sich dahinschleppten und dann schwerfällig auf die Bank niedersinken ließen, wusste Sigrid schon im Voraus, was ihr blühte, nämlich unerquickliche Gespräche über Krankheiten jeder Art, mit und ohne Operation, Scheidung und anderes Liebesleid. Daran änderte auch das keckste Äußere, flatternder Minirock, hochgeschnürte, klobige Schuhe und Ringe in Ohrläppchen und Nase, nichts. Sigrid erkannte sofort, dass auch dieses Menschenkind ein wahrer Jammerlappen war.

Trotz ihrer manchmal verdrießlichen Situation wäre Sigrid jedoch ebenso wenig wie der Obdachlose auf den Gedanken gekommen, das Feld zu räumen. Auch ihn hatte sie, solange sie diesen Park besuchte, nie auf einem anderen Platz angetroffen, und seine Angewohnheiten hatten sich wie die ihren nie verändert. Hin und wieder trank er ein Schlückchen, aß ein Brot und entledigte sich, wenn es sehr warm war, seiner Schuhe und Socken, zog aber niemals Hemd und Jacke aus. Sein dunkles Haar war inzwischen ergraut, aber seine blühende Phantasie ließ nichts zu wünschen übrig. Nach wie vor bewunderte Sigrid seinen Einfallsreichtum, wenn es darum ging, irgendeinem Neugierigen seine Lebensgeschichte aufzutischen. Sigrid, die noch ein sehr gutes Gehör besaß, folgte den immer neuen Varianten mit Spannung. Von der Vollwaise bis zum schwarzen Schaf der Familie war alles drin, und je nach politischer Mode war er ein Verfolgter des Nationalsozialismus, des Stalinismus oder des Rassismus. Er war das Opfer eines gewalttätigen Vaters, einer lieblosen Mutter, von herzlosen Vermietern auf die Straße gesetzt, von seiner Frau im Stich gelassen. Oft lachte Sigrid anerkennend still in sich hinein, wenn es ihm wieder einmal gelungen war, seine Zuhörer zu beeindrucken und einen stattlichen Geldschein zu kassieren. Sie selbst hatte noch nie ein Wort mit ihm gewechselt, nur die Blicke, die sie austauschten, wenn sie sich sahen, verrieten eine gewisse gegenseitige Sympathie. Nie hatte sie ihm etwas zugesteckt oder das geringste Mitleid gezeigt. Instinktiv spürte sie, dass er das als große Taktlosigkeit empfunden hätte und dass damit ihre wortlose freundschaftliche Beziehung verloren gegangen wäre.

So gaben sich beide ihrer Muße hin, wobei Sigrid in ihrem Dösen hin und wieder von jemandem gestört wurde, der sich neben sie setzte. Glücklicherweise gab es nicht nur Jammerlappen. Hin und wieder wurde ihr auch sehr Unterhaltsames geboten. Nach dem üblichen Blabla über das Wetter, die Jahreszeit, zu kleine und zu teure Brötchen, die Arbeitslosigkeit und die Rabauken, die die hübsche kleine Bronzestatue eines Schulmädchens in den Teich geschmissen hatten, nahm das Gespräch eine jähe Wendung, und sie bekam Spannendes zu hören. Wie etwa von dem netten Witwer, der erst nach dem Tode seiner geliebten Frau begann, ihre Begeisterung für klassische Musik zu teilen. Zum Andenken an sie war er mit einem CD-Player und ihrem Lieblingsstück, der Alpensymphonie von Richard Strauss, in die Berge gefahren, um dieses herrliche Stück bei Sonnenaufgang zu genießen. Doch statt der aufgehenden Sonne gab es ein plötzliches Unwetter, und er wäre fast samt CD-Player und Alpensymphonie unter dem herunterstürzenden Geröll begraben worden.

Auch Lehrreiches hatte sie in Gesprächen erfahren. Der Gutachter einer Versicherung war sogar in der Lage gewesen, ihr die Bedienung eines Laptops einleuchtend zu erklären. Sie hatte tatsächlich alles begriffen. Dabei war sie gewöhnt, dass ihr die Verkäufer in der Elektronikabteilung an der Nasenspitze anzusehen schienen, dass sie auf diesem Gebiet ein Steinzeitmensch war. Jedenfalls verkrümelten sie sich schleunigst, sobald sie auftauchte. Erst der Geschäftsführer ermunterte sie mit einem scharfen Blick zur Bedienung. Viel herausgekommen war dabei nicht. Ihre Begriffsstutzigkeit hatte die Geduld der jungen Männer auf eine harte Probe gestellt und ihre Frage, wieso man diesen ständig blinkenden Pfeil nicht abstellen könne, sie in ratlose Verwirrung versetzt.

Der Laptop-Besitzer hatte dazu sehr spannend aus seinem Beruf erzählt. Er klärte sie darüber auf, dass Einbrecher und Taschendiebe keineswegs mehr wie früher dunkle, verwahrloste Gestalten seien, sondern gut gekleidete, außergewöhnlich höfliche Männer und Frauen. Wenn einen solche Typen nach dem Weg, nach dem Zug, nach der Zeit fragten, hieß es, besonders wachsam zu sein, denn meist merkte man erst zu Hause, dass die Brieftasche fehlte. Das Neueste heutzutage seien Einbrüche in den Versicherungen selbst, wo man dann die Kundenunterlagen klaute, um sie an einschlägige Kreise zu verkaufen, die damit gezielt und auf Bestellung Antiquitäten und anderes Wertvolle stehlen ließen. Die Herren Einbrecher seien eben heutzutage von ganz anderem Kaliber. Sich zum Beispiel als Schutz einen Hund zu halten, sei völlig überflüssig. Die hätten so ihre Tricks, das Tier blitzschnell außer Gefecht zu setzen, ohne dass es überhaupt jemand mitbekomme.

Ja, es wurde Sigrid viel Unterhaltsames geboten, aber auch Trauriges oder Tragikomisches wie das, was ihr eine Frau ihres Alters erzählte. Sie hatte ihre Tante rührend gepflegt, so dass diese im Krankenhaus das Testament zu ihren Gunsten änderte. Satz für Satz erfuhr sie von dem zu erwartenden großen Erbe, bis sie vor Überraschung und Dankbarkeit zu weinen begann, was die Tante sichtlich genoss. »Und nun«, sagte sie zum Abschluss, »gib mir mal den Kugelschreiber vom Nachttisch, ich muss noch unterschreiben.« Das waren ihre letzten Worte in diesem Leben. Dieses traurige Erlebnis des bedauernswerten Geschöpfes war ihr wegen seiner grotesken Seite noch lange nachgegangen.

Nichts aber hatte sie je so beeindruckt und so eine nachhaltige Wirkung gezeigt wie das, was sie heute gehört hatte. Es beschäftigte sie noch, als sie längst wieder zu Hause war. Dabei hatte es zunächst so ausgesehen, als ob ihr der Park an diesem Tag fast allein gehörte: kein Kindergeschrei, kein Hundegekläff, herrliche Stille und eine unberührte, vom Tau glitzernde Rasenfläche. Nicht einmal ein Einziger dieser heftig gestikulierenden Handy-Besitzer, die im Laufschritt, den kleinen Apparat ans Ohr gedrückt, die Wege entlangeilten, zeigte sich. Dazu diese strahlende Sonne! Was für ein Genuss! Der Berber schien es ebenso zu empfinden und richtete sich, wohlig »ach ja, ach ja« seufzend, auf seiner Bank ein. Wie sie belustigt feststellte, hatte er sich ein neues Hemd zugelegt.

Es war wirklich ein milder, zum Träumen einladender Herbsttag, und sie musste eingenickt sein, denn als sie die Augen wieder öffnete, stellte sie fest, dass jemand neben ihr saß: ein Allerweltstyp, vom Alter her schwer einzuschätzen, mit langem, flusigem Haar und einem bebrillten, farblosen, nichtssagenden Gesicht, in Jeans und Lederjacke. Er war gerade dabei, ein Schriftstück in seiner Aktentasche zu verstauen, und richtete ein paar höfliche Worte an sie. Seine klangvolle und tiefe Stimme besänftigte ihren Unmut über die Störung, und ehe sie es sich versah, war aus den höflichen Worten eine außergewöhnlich spannende Geschichte geworden, so dass sie mehrmals dachte, das ist ja wirklich wie im Fernsehen. Dieser Mensch war auf einem Bauernhof aufgewachsen und hatte, wie es auf dem Lande so üblich ist, schon als er klein war, ordentlich rangemusst.

»Als Kind?« fragte sie ungläubig. »Ich dachte, das ist verboten.«

»Das lässt sich auf dem Lande nun mal nicht ändern«, sagte er gleichmütig, »da muss jeder ran, egal was zu tun ist. Frühjahrsbestellung, Ernte oder die tägliche Arbeit im Kuhstall.« Er lächelte. »Glauben Sie mir, oft war ich so übermüdet, dass ich in der Schule eingeschlafen bin.«

»Mein Gott«, sagte Sigrid, »hat denn da der Lehrer nicht protestiert?«

»Der war das von den Kindern der Bauern gewöhnt, es war halt so üblich. Nur bei meinem jüngeren Bruder haben die Eltern eine Ausnahme gemacht. Der hatte das Paradies auf Erden. Er hat nie den Stock zu spüren oder eine Mistgabel in die Hand gedrückt bekommen. Angeblich war er zu zart für grobe Arbeiten wie Sägen, Holzhacken, Ausmisten.« Noch dazu sei er, der Ältere, immer an allem schuld gewesen. Und dann sagte der Mann auf ihrer Bank und sah Sigrid dabei forschend an: »Ich hoffe, Sie sind nicht allzusehr schockiert von dem, was jetzt kommt.«

Sie schüttelte, nun wirklich neugierig, heftig den Kopf.

»Dann habe ich versucht, ihn umzubringen.«

Sigrid war drauf und dran, ganz naiv zu fragen: »Wie denn?«, aber sie verschluckte diese Frage noch rechtzeitig. Sie wäre auch überflüssig gewesen, denn er gab ganz bereitwillig sein Verbrechen preis.

»Wissen Sie, wir hatten einen Zuchtbullen, ein ganz prächtiges Tier, und meist war er ja zahm wie ein Lamm. Nur manchmal kriegte er seinen Koller. Dann musste man sich vorsehen, und es war ganz schön gefährlich, ihm nahe zu kommen. Im Gegensatz zu meinem Bruder kannte ich die Anzeichen. Er stampfte in seiner Box herum, brüllte und riss an der Kette. Doch mein Bruder hatte keine Ahnung davon. Er war ja meist im Haus. Na ja, eines Tages war es mal wieder soweit. Der Bulle machte einen Riesenaufstand, beruhigte sich zwischendurch und legte dann wieder los. Unter einem Vorwand habe ich den Kleinen in den Stall gelockt und ihn überredet, auf seinen Rücken zu klettern. Als Mutprobe sozusagen.«

»Mein Gott!« rief Sigrid. »Das arme Kind!«

»Normalerweise ein völlig ungefährliches Experiment«, sagte der Mann beruhigend. »Wenn er in der Koppel angepflockt war, hatte ich schon manchmal auf ihm gesessen. Aber an diesem Tag wäre wirklich Vorsicht am Platze gewesen. Das war es ja eben.«

Sigrid war so gefesselt von seiner Geschichte, dass sie eine ungeduldig abwehrende Geste machte, als sich eine sehr alte Dame dazusetzen wollte. Die alte Dame suchte eingeschüchtert das Weite.

»Zuerst hat sich der Kleine geweigert, auch wenn er die wirkliche Gefahr nicht erkannte. Aber ich habe ihn so lange gehänselt, bis er tatsächlich über die Bretterwand stieg. Und dann, als er sich gerade auf den Rücken schwingen wollte, fing der Bulle wieder an herumzutoben. Er war ja an der Kette, aufspießen konnte er ihn also nicht. Aber der Junge rutschte zwischen der Wand und dem Tier herunter und geriet ihm genau zwischen die Hufe. Als ich den Kleinen endlich aus der Box heraus hatte, war er bereits bewusstlos. Acht Tage hat er im Koma gelegen. Und danach war er völlig gelähmt. Nicht einmal mehr sprechen konnte er. Er hat mich nur immer angekuckt, und wenn ich in seiner Nähe war, sind mir seine Augen gefolgt.« Er machte eine Pause und sah geistesabwesend vor sich hin. Dann sah er Sigrid aufmerksam an.

»Vielleicht wirkt es auf Sie reichlich dramatisch.«

»Dramatisch?« rief Sigrid. »Wahnsinnig traurig!«

»Meine Eltern ahnten natürlich nicht«, fuhr er fort, »was sich wirklich abgespielt hatte. Sie waren mir dankbar, dass ich mich so rührend um ihn kümmerte. Wir hatten von da an ein sehr gutes Verhältnis. So bin ich praktisch kaum noch vom Hof weggekommen. Und als meine Eltern nicht mehr lebten, erst recht nicht mehr. Als sie starben, war ich dreißig. Ich habe schließlich den Hof verkauft und wohne seitdem mit meinem Bruder hier in der Stadt. Von dem, was der Hof gebracht hat, können wir leidlich leben.«

Dann erzählte er Sigrid noch, dass beruflich nichts mehr für ihn drin sei, denn länger als zwei Stunden könne er seinen Bruder nicht allein lassen. Dafür sei er ein perfekter Krankenpfleger geworden. Er schwieg einen Augenblick nachdenklich und sagte dann: »Ich muss noch hinzufügen, der Arzt hat gesagt, mein Bruder kann trotz seiner Behinderung uralt werden.«

Sigrid war ganz erschüttert. Aber er wirkte

ganz gelöst, ja, man konnte fast sagen, gut gelaunt. Vielleicht, dachte Sigrid, ist er erleichtert,
dass er sich einmal alles von der Seele reden
konnte.

Er stand auf. »Meine Geschichte scheint Sie
sehr beeindruckt zu haben«, bemerkte er. Und
der Obdachlose, der sie schon mehrmals während des Gesprächs durch sein leises Kichern gestört hatte, schwenkte die Flasche und rief: »Gut
gemacht, Kumpel!« – was Sigrid auch nicht gerade angebracht fand. Es war sonst nicht seine
Art, sich in ihre Gespräche zu mischen, und sie
warf ihm einen missbilligenden Blick zu.

Während ihr zu Hause die Geschichte im
Kopf kreiste, kamen plötzlich eigene Schuld-
gefühle wieder ans Tageslicht. Natürlich nicht
so dramatische. Den Wunsch, jemanden umzubringen, hatte sie eigentlich nie verspürt. Aber
sie waren stark genug, um sie kräftig zu knei-
fen. Plötzlich fiel ihr ein, dass sie sich seit einer
Ewigkeit nicht mehr bei ihrer Schwägerin hatte
blicken lassen. Diese lebte, nach einem Ver-
kehrsunfall behindert und meist im Rollstuhl
sitzend, in einem Pflegeheim. Agnes war eine
sehr aktive und hilfsbereite Person gewesen, die
der eher etwas indolenten Sigrid tatkräftig zur
Seite gestanden hatte, als der Bruder pflegebe-
dürftig geworden war, und nach seinem Tode
großmütig auf vieles verzichtete, was ihr laut

Testament zustand. Auch hatte sie sich um all das gekümmert, wozu Sigrid sich unfähig zeigte.

Jetzt gestand Sigrid sich reumütig ein, dass sie ihrer Schwägerin in vielem nicht das Wasser reichen konnte und ihre Gutmütigkeit oft ganz schön ausgenutzt hatte. Mit geradezu masochistischem Vergnügen warf sie sich nun vor, rücksichtslos und egoistisch zu sein, ja, sie begann sich geradezu in ihrer Lieblosigkeit zu suhlen, nannte sich undankbar und gedankenlos. Und als ihr dazu noch ihr sonst eher lückenhaftes Gedächtnis präzise vorrechnete, wann sie ihre Schwägerin das letzte Mal besucht hatte, war sie entsetzt über sich selbst. Ein Jahr, mein Gott, so lange war das nun schon wieder her. Und es gab keine Ausrede, die ihr schlechtes Gewissen hätte mildern können. Es blieb nun mal eine Schande.

Gleich am nächsten Tag machte sie sich auf den Weg zu Agnes. Umgeben von einem gepflegten Garten, lag das Heim in beschaulicher Ruhe vor ihr. Drinnen allerdings war es nicht ganz so beschaulich. Die Schwestern hetzten den Flur entlang, und wie sie ihren Reden entnahm, war gerade eines der »Altchen« mal wieder aus dem Bett gefallen, und man konnte nur hoffen, dass dabei nicht allzu viele Knochen zu Bruch gegangen waren. Es dauerte einen Augenblick, bis sie jemanden zu fassen bekam, der sie zu ihrer Schwägerin brachte.

Agnes saß in einem sonnigen, wenn auch recht beengten Zweibettzimmer wohlfrisiert und manikürt in ihrem Rollstuhl am Fenster und freute sich sichtlich, sie zu sehen. Sigrid schlängelte sich an den beiden Betten vorbei und zog sich einen Stuhl heran. Die von ihr insgeheim gefürchtete Frage: »Warum hast du dich so lange nicht blicken lassen?« blieb zu ihrer großen Erleichterung aus. Es war fast wie in alten Zeiten. Agnes hatte immer lebhaften Anteil an Sigrids Leben genommen, das, solange es ihrem Mann gesundheitlich noch gut ging, sehr viel abwechslungsreicher gewesen war. Er war gern gereist, und so hatte sie eine ganze Menge von der Welt gesehen. Doch nach seinem Tode hatte sich ihre Indolenz verstärkt, und sie begnügte sich außer dem regelmäßigen Besuch beim Friseur mit gelegentlichem Schaufensterbummel oder einem Nachmittag im Kino. Der Park wurde immer mehr zum Mittelpunkt für sie und gehörte zu ihrem Leben wie ihre kleine adrette Wohnung, in der sie seit zwanzig Jahren lebte. Sie pusselte gern stundenlang darin herum, was man den Räumen ansah. »Ein wahres Schmuckkästchen«, lobten die Nachbarn. So hatte sie außer ihren Erlebnissen im Park wenig an Unterhaltungsstoff zu bieten. Aber ihrer

Schwägerin schien das völlig zu reichen. Sie lachte ein paarmal herzlich über ihre Schilderungen, so dass Sigrid, von soviel Interesse animiert, gar kein Ende mehr fand und reichlich spät bemerkte, dass ihre Schwägerin mit dem Schlaf kämpfte, ohne dabei ihr freundliches Lächeln zu verlieren. Ein wenig beschämt verabschiedete sie sich, und Agnes bedankte sich noch einmal mit großer Herzlichkeit für ihren Besuch.

Sigrids Hochstimmung hielt noch an, als sie schon wieder in ihre Wohnung zurückgekehrt war. Die gute Agnes. Wie sehr hatte sie sich gefreut. Wenn sie wüsste, dass ein Wildfremder der Anstoß dafür gewesen war. Dieser arme Mensch, der klaglos nur noch für seinen behinderten Bruder lebte! Sigrid beschloss, sich ein Beispiel an ihm zu nehmen und ihre Schwägerin wenigstens für ein, zwei Wochen zu sich zu holen. Die Parterrewohnung bot sich für die Benutzung eines Rollstuhls geradezu an und hatte sich schon während der langen Krankheit ihres Mannes als praktisch erwiesen. Sigrid sah sich schon die Schwägerin im Park spazieren fahren, wie damals ihren Mann. Allerdings fiel ihr dann doch ein, dass diese Aufgabe meist Agnes übernommen hatte. Aber diesmal war das anders. Diesmal würde sie die hilfsbereite Pflegerin sein.

Von ihrem Vorhaben beflügelt, fuhr sie ein paar Tage später wieder in das Heim, um der überraschten Schwägerin die frohe Botschaft zu überbringen. Zu ihrem Staunen reagierte diese etwas zögerlich. Aber ihr Überschwang trug sie darüber hinweg. Agnes' zaghafte Einwände, sie brauche doch mehr Hilfe, als Sigrid sich vielleicht klarmache, auch wenn sie manchmal noch ihre Krücken benutzen könne, wischte sie mit einem herzlichen »Aber ich bitte dich, ich hab mir das alles sehr genau überlegt« hinweg. »Mach dir keine Gedanken, das lässt sich alles organisieren.« Allmählich wurde Agnes von ihrem Optimismus angesteckt und strahlte förmlich, was man, wie Sigrid fand, schließlich auch von ihr erwarten konnte.

Die Heimleiterin nahm das Angebot, die Schwägerin zu sich zu nehmen, eher sachlich zur Kenntnis, so, als sei es das Selbstverständlichste von der Welt. »Einen Monat? Das passt mir sehr gut. Wir müssen nämlich die beiden Damen umquartieren. Das Zimmer soll renoviert werden. Dann spart sich Ihre Schwägerin das viele Hin und Her.«

»Aber das ist ein Missverständnis!« rief Sigrid erschrocken. »Mehr als zwei Wochen kann ich nicht …?«

Die Heimleiterin ging souverän über den Einwand hinweg. »Also, vier Wochen«, entschied sie und strahlte trotz ihrer Jugend so viel unbeugsame Autorität aus, dass Sigrid nicht zu widersprechen wagte.

Auf dem Heimweg tröstete sie sich damit, dass es schließlich auf eine Woche mehr oder weniger nicht ankomme. Aber ihre euphorische Stimmung war leicht gedämpft und erholte sich erst wieder, als sie bei jedem im Haus, dem sie ihren Entschluss mitteilte, auf große Bewunderung stieß. »Sie haben wirklich Mut!« – »Ihre Schwägerin ist zu beneiden!« – »Daran könnte sich so mancher ein Beispiel nehmen!« Sigrid konnte gar nicht genug davon bekommen und schnitt das Thema im Fahrstuhl, im Treppenhaus und an der Haustür immer wieder an, zumal die Vorbereitungen für ihren Gast unvermutet schwierig wurden und ihre Stimmung immer wieder aufgemuntert werden musste. Zeit für ihren geliebten Park fand sie vorläufig nicht mehr. Stattdessen drehte sich jetzt ihr ganzes Sinnen und Trachten um ein Spezialbett, das bei der Sozialstation angefordert werden musste, um Toilettenaufsätze und feste Badematten, ein Sitzbrett für die Badewanne und um die rollstuhlgerechte Umgestaltung der Wohnung. Sie räumte Möbel um, schleppte Beistelltische und überflüssige Stühle auf den Boden, rollte ihre Brücken zusammen und schob sie ächzend unters Bett.

Der Zeitpunkt rückte näher, und sie war schon ganz erschöpft von all dem, was noch zu erledigen war. Dazu kamen ihr mehr und mehr Bedenken, ob sie Agnes die geeignete Pflege bieten konnte. Doch es gab niemanden, der sich für ihr Problem interessierte. Die anfänglich so bewunderungsvollen Nachbarn wechselten hastig die Straßenseite, wenn sie ihr begegneten. Und wenn ein Ausweichen unmöglich war, hörten sie nur sehr kurz zu, riefen: »Machen Sie sich keine Sorgen, das schaffen Sie schon!«, sahen ostentativ auf ihre Uhr und eilten davon.

Einen Tag bevor die Schwägerin vom Roten Kreuz gebracht werden sollte, gönnte Sigrid sich noch einmal zur Entspannung einen Gang in den Park, obwohl mit nicht ganz gutem Gewissen, denn es war noch immer eine Menge zu tun. Zu ihrer Enttäuschung sah sie schon von weitem, dass bereits jemand Besitz von ihrer Bank ergriffen hatte, der Obdachlose dagegen weit und breit nicht zu erblicken war. Doch beim Näherkommen verschwand ihr Unmut. Auf der Bank saß ihr Gesprächspartner mit dem schweren Schicksal. Er war so intensiv mit Lesen beschäftigt, dass er es kaum wahrnahm, als sie sich neben ihn setzte.

»Hallo!« sagte sie. »Wie geht es Ihrem gelähmten Bruder?«

Der Mann blickte auf. »Was für 'n Bruder?«

fragte er befremdet. Dann schlug er sich mit der flachen Hand gegen die Stirn. »Natürlich!« rief er. »Sie sind ja die Dame, an der ich meine Kurzgeschichte ausprobiert habe. Ich hab schon immer gehofft, ich treffe Sie mal wieder.«

Kurzgeschichte ausprobiert? Sigrid stutzte einen Augenblick, ehe sie, ganz von ihren eigenen Gedanken erfüllt, sagte: »Ich auch. Nur bin ich in der letzten Zeit nicht mehr in den Park gekommen. Meine Schwägerin wird für ein paar Wochen bei mir einziehen. Sie ist nämlich gelähmt, genau wie Ihr Bruder. Dass ich mich dazu durchgerungen habe, verdankt sie eigentlich Ihnen. Ihr Schicksal hat mich sehr beeindruckt.«

»Mein Schicksal scheinen eher Sie gewesen zu sein«, sagte der Mann lachend. »Soviel Anteilnahme beflügelt jeden Autor. Ich habe die Story einer Zeitschrift angeboten, und, stellen Sie sich vor, sie ist tatsächlich angenommen worden.«

Vier Wochen, dachte Sigrid, und kein Entrinnen.

9 Der stolze Bussard

Nach der strapaziösen Zeit bei den Schaumburgs fand Nora, nun habe sie eine Ruhepause verdient. Kusine Freda, ehemalige Krankenschwester und jetzt Inhaberin eines kleinen Pensionsbetriebes an der Nordseeküste, hatte sie herzlich eingeladen, sich bei ihr in der Nachsaison zu erholen. Gleichzeitig ließ sie einfließen, dass ihr ein wenig Hilfe bei den Vorbereitungen der Mahlzeiten willkommen sei – »natürlich nicht umsonst!« Noras praktischem Sinn kam diese Verbindung des Angenehmen mit dem Nützlichen sehr entgegen. Zuvor aber wollte sie die Reise nach Norden unterbrechen und ein paar Tage ihre Freundin Mechthild besuchen.

Der D-Zug war nur schwach besetzt, so dass sie ein Abteil für sich allein hatte und es sich bequem machen konnte. Mechthild und sie hatten sich seit einer halben Ewigkeit nicht mehr gesehen; aber mit Freunden aus der Kindheit wurde man schnell wieder warm, auch wenn man sich im Grunde nicht mehr allzu viel zu sagen wusste. Nora stemmte ihren Koffer aus dem

Gepäcknetz. Hoffentlich hatte das Bett im Gästezimmer eine gute Matratze.

Arnold Arnold, Mechthilds Ehemann, holte sie vom Bahnhof ab. Er war nun über siebzig und hatte sich einen respektablen Bauch zugelegt. Aber sein Haar war noch voll, und seine tiefe Stimme rollte so majestätisch daher wie eine Arie von Händel. Er versäumte es nicht, ihr nachträglich zum Geburtstag zu gratulieren.

»Ich gratuliere dir 365 Tage im Jahr, liebe Nora!« Dann öffnete er ihr galant die Wagentür.

In den ersten Tagen waren die Freundinnen ganz mit sich und ihrer Kindheit beschäftigt und fingen die Erinnerungsbälle sozusagen mit ausgebreiteten Armen auf. Sie zeigten sich alte Fotos und Briefe und überließen Arnold ganz seinen »Piepmätzen«, wie Mechthild sein derzeitiges Hobby spöttisch bezeichnete. Denn Arnold hatte sich ein beträchtliches Wissen über Vögel angeeignet und sich zu einer Art hausgemachtem Ornithologen entwickelt. Der kleine Garten war mit Vogeltränken und Häuschen bepflastert, und trotz des Hochsommers hingen noch Futterringe an den Büschen. Vögel interessierten Arnold inzwischen ebenso sehr wie Frauen. Er hatte ein umfangreiches Tonbandarchiv voller piepsender, trillernder, schmetternder Vogelstimmen. Aber seine besondere Bewunderung galt den Greifvögeln, den »Königen der Lüfte«, wie er sie wenig originell nannte.

Mechthilds Vater war Direktor der nahen Zuckerfabrik in ihrer alten Heimat gewesen. Sie hatte den fünfzehn Jahre älteren Arnold Arnold als Achtzehnjährige kennengelernt. Eine Freundschaft, die ihrem Vater ganz und gar nicht passte. »Meine Tocher und dieser clevere Prolet«, tobte er. »Und dann noch dieser verrückte Doppelname!«

Arnold war nicht gerade das, was Väter sich für ihre Töchter erträumen. Er hatte sich bereits ziemlich glücklos in den verschiedensten Berufen versucht. Als ihm Mechthild über den Weg lief, war er gerade bemüht, sich als Kunstmaler einen Namen zu machen.

»Arnold ist ein Universalgenie«, hatte Mechthild damals bewundernd behauptet, denn er verstand auch etwas von Chemie und Physik und verblüffte ihren Vater mit detaillierten Kenntnissen über die Zuckergewinnung und Verarbeitung. Er konnte tatsächlich eine ganze Menge: malen, tischlern, Pferde beschlagen, Hochzeitsgedichte verfassen, Strümpfe stricken, Frauen einwickeln und vor allem reden und einem das Wort im Munde verdrehen. Sein unwiderstehlicher Drang, keinen Gedanken unausgesprochen zu lassen, hatte ihm, gerade als Mechthild ihn kennenlernte, ein Ausstellungsverbot seiner harmlosen Bilder eingetragen und zehn Tage Untersuchungshaft.

Bei einem Vortrag über Farben hatte er sich zu eingehend in negativer Weise über die Farbe Braun geäußert. Aber selbst dem wildesten Nazi war dies als Grund für eine Anzeige wegen angeblicher Volksverhetzung nicht stichhaltig genug gewesen, um ihn länger einzusperren, und so hatten sie ihn wieder laufen lassen. Arnold Arnold war dadurch ganz unbeabsichtigt zum Systemgegner geworden, und das brachte Mechthilds Vater, den biederen Zuckerdirektor, dem die Nationalsozialisten ein Gräuel waren, in Konflikt. Immerhin hatte dieser »kropfige Hallodri« eine Menge riskiert. Und das war denn auch der Punkt, auf dem Mechthild wieder und wieder herumritt. Ihr Vater willigte schließlich in eine Eheschließung ein, und sie zog hochbefriedigt mit ihrem »cleveren Proleten« davon.

Zwei Jahre später entdeckte Arnold Arnold eine Marktlücke im Kunstbetrieb. Er malte nach Fotografien Porträts gefallener Soldaten, sehr zur Zufriedenheit der Hinterbliebenen. Er selbst hatte Glück. Wegen eines Herzfehlers verzichtete die Wehrmacht auf ihn, und da in seinem großen Kundenkreis unterdessen auch braune Prominenz zu finden war, blieb er von lästigen Dienstverpflichtungen verschont.

Nach der Flucht landete das Ehepaar mit seinen Kindern in Niedersachsen, und dank Arnolds Talent für Schwarzmarktgeschäfte ging es ihnen recht ordentlich. Kritisch wurde es erst, als das Leben nach der Währungsreform wieder in normalen Bahnen lief. Für einen bürgerlichen Beruf war Arnold Arnold nach wie vor nicht geschaffen. Aber dann stieß ihn der Zufall auf eine weitere ausbaufähige Tätigkeit. Er wurde Redner bei Beerdigungen und hatte gewaltigen Zulauf. Auch der wohlmeinende Pastor konnte keine so tröstenden, den Toten wie einen lieben Anverwandten preisenden und dabei herzzerreißenden Grabreden halten. Man munkelte allerdings, dass er bei entsprechender Bezahlung nicht davor zurückschrecken würde, auch Hunde und Katzen, denen ihre Frauchen und Herrchen eine eigene Begräbnisstätte zugedacht hatten, mit der gleichen Wortgewalt zur letzten Ruhe zu begleiten. Aber Mechthild verteidigte ihren Mann und sagte, das sei nur Futterneid und alles Blödsinn.

Bescheidener Wohlstand zog in das Reihenhaus ein. Arnold Arnold war ein strenger Vater, der bei seinen Kindern keinen Widerspruch duldete. Umso stärker verfielen diese dem Zeitgeist, der sie von einer modischen Richtung in die andere hetzte. Nur Erich, der Älteste, blieb dagegen gefeit. Er hatte noch genügend vom

Krieg, von Bomben und Hunger mitbekommen, um Sicherheit zu schätzen. Er war Finanzbeamter geworden.

Wie meist bei Müttern, endete auch das Gespräch mit Mechthild bei den Kindern. Sie sagte, dass Schmusi, der Jüngste, ihr im Augenblick die größte Sorge mache. Als Kind war er mit seinem prächtigen Lockenkopf und dem fröhlichen Temperament der Liebling des Vaters gewesen, aber als er anfing, seine Unsicherheiten hinter einem dicken Bart und wilden Sprüchen zu verstecken, war es damit vorbei. Hatte er ihn früher »Phil, mein edler Bussard« genannt, so tönte Arnold Arnold jetzt theatralisch: »Keiner meiner Freunde hat mir so viel Schmerz zugefügt wie dieses Kind, dieser Schuldenmacher beim lieben Gott!« Aber Mechthild behauptete, der inzwischen dreißigjährige Philipp, ihr Schmusi, sei nur ein Spätentwickler, und die brauchten eben auch fürs Studium ein klein wenig länger.

Eine Dreiklanghupe gellte durchs Haus. Nora fuhr zusammen.

»Was ist das denn?«

»Das«, sagte Mechthild mit stoischem Gesicht, »ist Arnold. Ich höre in letzter Zeit nicht mehr so gut, und da hat er sich diese Hupe ausgedacht, wenn er etwas von mir will. Er sagt, er hat keine Lust, sich die Kehle nach mir heiser zu schreien.«

»Und das lässt du dir bieten?« Nora sah ihre Freundin ungläubig an.

»Das verstehst du nicht.« Mechthild war aufgestanden und ging zur Tür. »Du warst nie verheiratet. Wozu soll man dauernd streiten. Wenn's ihm Spaß macht«, sagte sie, als sie das Zimmer verließ. Sekunden später gab es auf der Treppe Gepolter und einen Aufschrei. Nora stürzte auf den Flur. Aber Arnold war schneller gewesen.

»Das Genick hat sie sich nicht gebrochen, nur den Fuß«, sagte er, während er neben Mechthild kniete.

»Gemütsmensch«, murmelte Nora.

»Wir werden sie wohl hierbehalten müssen.« Der junge Arzt aus der Röntgenabteilung des Krankenhauses sah ostentativ auf seine Armbanduhr. Es war zwölf Uhr, und er hatte bereits seit einer halben Stunde dienstfrei. Arnold redete auf die Schwestern ein und schaffte es, dass Mechthild ein Einzelzimmer bekam. Während Nora ihr noch Gesellschaft leistete, fuhr er nach Haus, um das Nötigste für seine Frau zu holen. Nora bot sich sofort an, für Arnold zu sorgen.

»Du bist unser Gast«, sagte Mechthild, »und nun musst du auch noch für ihn kochen.«

»Mach dir keine Gedanken. Hauptsache, du hast keine Schmerzen mehr.«

Arnold war schnell wieder zurück, und Mechthild baute sich mit den Fotos ihrer Kinder, einem Radio und ein paar Büchern eine eigene kleine Höhle in dem unpersönlichen Krankenzimmer.

In den folgenden Tagen zeigte sich Arnold von seiner angenehmsten Seite, er half Nora sogar in der Küche, indem er ihr mit angewidertem Gesicht die gebrauchten Kochtöpfe ins Spülbecken stellte. Diese gute Tat machte er allerdings durch seine Bemerkung, er fühle sich wie ein Mercedes, den man zum Mistfahren gebrauche, wieder zunichte.

»So, so«, sagte Nora. »Und wofür gebrauchst du mich?«

Er streichelte sacht ihr Haar, während sie sich über eine hässlich angebrannte Bratpfanne beugte, und sagte, Nora wasche ihm durch ihre ehrliche, unkomplizierte Art direkt das Herz und er wisse gar nicht, wie er ihr danken solle.

Das hinderte ihn jedoch nicht daran, beim Frühstück mit sicherem Griff das ungeplatzte Ei im Körbchen zu erwischen und ihr den trockenen Käse zu überlassen, während er sich den frisch angeschnittenen Emmentaler gleich ohne Brot einverleibte.

Immerhin, er gab sich Mühe. Er leerte die Aschenbecher am Abend, stellte die benützten Gläser in die Geschirrspülmaschine und hob die

Zeitungen im Schlafzimmer auf, die er beim Lesen im Bett über den Fußboden verstreut hatte. Aber allmählich wurde er mürrisch. Einmal drückte er sogar auf die Hupe, wenn auch so leise, dass Nora darüber hinweghören konnte. Er klagte über sein Alter. »Wenn mich der Tod trifft, dann bitte in einer bequemen Lage.« Er sagte, er fühle sich wie das Haus in Andersens Märchen, das so alt war, dass es nicht wusste, nach welcher Seite es kippen sollte. Kurzum, Mechthild fehlte ihm an allen Ecken und Enden.

Aber dann belebte sich das Haus plötzlich mehr, als es Nora lieb war. Ein Mädchen in einer Art Beduinenkleid stand im Hausflur und fragte: »Ist Philipp da?«

Arnold Arnold musterte sie mit Interesse. Sie war höchstens neunzehn, ein Alter, das er liebte. »Sind Sie seine Freundin?«

»Um das herauszufinden, bin ich hier«, erklärte das Mädchen und brach in Tränen aus.

»Philipp ist zwar nicht zu Hause, aber kommen Sie erst einmal rein.« Nora führte sie ins Wohnzimmer und brachte ihr was Ordentliches zu essen. Danach sah die Kleine sehr viel besser aus. Sie war hübsch, wenn auch auf eine zeitgemäße, unordentliche Weise. Die Haare brauchten einen neuen Schnitt, ebenso die Fingernägel, die ihr schwärzlich aus den Fingern sprossen. Jugend kann sich das leisten, dachte

Nora, die können sich in einer Pfütze suhlen und bleiben trotzdem attraktiv. Sie bemerkte ein gewisses Funkeln in Arnolds Augen und beschloss, die Kleine so schnell wie möglich wieder abzuschieben. Aber Arnold machte ihr einen Strich durch die Rechnung.

»Sie werden uns ein lieber Gast sein«, sagte er mit seiner einschmeichelnden Stimme, »und wenn Sie sich ausgeschlafen haben, werden wir in Ruhe über Ihre Probleme reden.« Als Nora ihrer Freundin nachmittags im Krankenhaus davon erzählte, geriet die sonst so Tolerante ganz außer sich.

»Dieses Mädchen ist Schmusis Ruin! Dauernd ist sie hinter ihm her, und gerade jetzt, wo er mitten im Examen steckt! Ein Glück, dass er nicht zu Hause ist.«

»Aber ich kann sie doch nicht rausschmeißen«, sagte Nora.

»Warum nicht?« Mechthild legte sich in ihre Kissen zurück. Nora versprach, ihr Möglichstes zu tun. Doch Arnold Arnold hatte die Kleine längst in seinen Bann gezogen, so dass sie ihre eigentliche Absicht, Philipp zu besuchen, schon fast vergessen hatte. Nora hörte aus dem Arbeitszimmer den altvertrauten Schmus tönen, auf den auch sie vor vielen Jahren einmal hereingefallen war: »Sie haben etwas an sich, was Sie selbst nicht kennen!«

Unter Arnolds Einfluss milderte sich der Wohngemeinschafts- und Kneipenjargon des Mädchens. Dafür redete sie jetzt in dem Psychologenkauderwelsch, das ihr von der Universität beigebracht worden war. Sie sprach vom komplexen Hang zur Abhängigkeit, von Selbstunterdrückungsmechanismen und Autoritätsstrukturen. Für diesen Quatsch schicken wir nun unsere Jugend auf die Hochschulen, dachte Nora, der ganz schwindlig dabei wurde. Arnold schien es ähnlich zu gehen. Trotzdem verzog er schmerzlich sein Gesicht, strich zart über den Handrücken des Mädchens und raunte: »Wie gut ich Sie verstehe!«

Nora fand es angebracht, ihrer kranken Freundin einen diskreten Wink zu geben.

»Du meinst, da bahnt sich was an?« fragte Mechthild völlig gelassen. »Von mir aus, dann lässt sie wenigstens Schmusi in Ruhe.«

»Mechthild!« sagte Nora.

Dann fand alles ein viel schnelleres Ende, als Nora zu hoffen gewagt hatte. Der Vater des Mädchens, der inzwischen den Aufenthaltsort seiner Tochter herausbekommen hatte, tauchte überraschend auf und holte sie ab.

»Ihre Tochter ist schon verheiratet? Sie Glücklicher«, sagte er zu Arnold, der sich hastig das Hemd, das er seit kurzem jugendlich offen trug, zugeknöpft und einen Schlips umgebunden hatte. Am Abendbrottisch wirkte Arnold wie ein betrübter kleiner Junge, dem man seinen Kaugummi weggenommen hatte.

»So ganz bist du wohl nicht auf deine Kosten gekommen«, sagte Nora.

Er reckte sich würdevoll auf: »Ein Adler schlägt nicht vor dem eigenen Horst!«

Nora musste lachen. Sie konnte plötzlich verstehen, dass ihre Freundin es trotz seiner vielen Eskapaden noch immer mit ihm aushielt. Sie suchte nach einem angemessenen Trost.

»Barbara hat angerufen. Sie hat sehr nach dir gefragt.«

Barbara und Mechthild kannten sich aus der Flüchtlingszeit. Barbara hatte damals eine Zeitlang bei den Arnolds gewohnt, ein langweiliges, reizloses Geschöpf, das Arnold anhimmelte. Arnold hatte ihr gesagt, sie besitze etwas, was es kaum noch gebe, nämlich die Gabe zu absoluter Treue. Mechthild hatte diese Gabe mehr als Klebrigkeit empfunden und wäre Barbara ganz gern wieder losgeworden, aber Arnold, dem Barbaras Anbetung schmeichelte, spielte den Großzügigen und meinte, man könne sie nicht verstoßen.

»Die gute Barbara. Wie geht's ihr denn?« fragte er mit sehr viel kräftigerer Stimme.

Nora beschloss, ihn ein wenig zu zwicken. »Der guten Barbara? Sie hat vor nicht langer

Zeit einen zehn Jahre jüngeren Mann geheiratet.«

»So, so.« Arnold schob mit ablehnender Ge-
bärde den von Nora liebevoll zubereiteten Eier-
kuchen zurück. »Wie Ledersohlen. Ach, meine
Mechthild fehlt mir doch sehr.«

Nora ärgerte sich. »Bist du nicht heilfroh,
dass der Vater hier aufgekreuzt ist und das
junge Ding abgeholt hat? Ich meine, in unserem
Alter braucht man doch seine Ruhe. Schmusi
soll jedenfalls ganz erleichtert sein, wie mir
Mechthild, die mit ihm telefoniert hat, sagte. Im
Gegensatz zu dir hatte er wohl seine Freundin
schon recht über.«

Zu ihrer Überraschung nickte Arnold wohlgefällig. »Mein stolzer Bussard, so leicht lässt er
sich nicht fangen!«

10 Die Kräutertante

Jeder von uns hatte, abgesehen von seiner Lieblingstasse, seinem Lieblingsbesteck und seinem Lieblingsglas, einen Gegenstand, an dem er besonders hing, den er dauernd mit sich herumschleppte oder dem er einen besonderen Platz einräumte. Und jeder tat, als sei dieser Gegenstand das Kostbarste von der Welt und unersetzlich. Vater zum Beispiel stellte sich furchtbar mit seinem Beil an. Die Klinge war messerscharf geschliffen, der Griff lag angenehm in der Hand, und angeblich war ihm dieses wunderbare Gerät erst nach langem vergeblichen Herumsuchen in die Hände gefallen. Dabei wussten wir alle, dass er es in ziemlich verrottetem Zustand im Wald gefunden hatte. Sobald das Beil seinen Dienst verweigerte, weil der Ast, den Vater ihm zumutete, einfach zu dick war, beschuldigte er meinen Bruder, sich hinter seinem Rücken diese Kostbarkeit angeeignet und damit Steine bearbeitet zu haben. Nur als ihm eines Tages das edle Werkzeug ausrutschte und voll seinen rechten Fuß traf, so dass nur das dicke Leder seines Schnürstiefels das Schlimmste verhinderte, allerdings alle fünf Zehen angehackt waren, äußerte er keine Verdächtigungen. Mit blutdurchtränktem Schuh kam er nach Hause gehumpelt, wo wir schon mit der Vesper auf ihn warteten. Ich musste ein Handtuch vor seinen Esszimmerstuhl unter den Tisch legen, und er stellte seinen nackten Fuß darauf, der das Handtuch im Nu verfärbte.

»Also wirklich«, sagte Mutter ziemlich bleich im Gesicht und eilte, um Verbandszeug zu holen. Die Pflaumenmusstulle in der Hand, starrte ich mit offenem Mund auf den blutigen Fuß, und Vater ermahnte mich, wie fast bei jeder Mahlzeit: »Kind, iss!«, während er seelenruhig nach Brot und Butter griff.

Das Lieblingswerkzeug meines Bruders, des großen Bastlers, war eine Flachzange. Er bezichtigte seinerseits sofort Vater, meist zu Recht, wenn sie nicht an ihrem Platz lag. Vater nämlich hielt sich selbst nie an die von ihm aufgestellten Regeln. So borgte er sich gern, ohne Mutter zu fragen, ihre wie einen Augapfel gehütete Stickschere, um Schnüre von der Stärke eines Seils damit durchzuschneiden, was ihm natürlich nicht gelang, der Schere aber sehr schadete, die zu Mutters Erstaunen plötzlich nicht einmal mehr einen Nähseidenfaden schnitt. Auch für meine Schwester war ihre Schere ein Heiligtum. Angeblich war sie die Einzige im Haus, mit

der man Papierpuppen und ihre Garderobe aus-
schneiden konnte. Gnade mir Gott, wenn sie
mich mit ihr erwischte!

Ich selbst, das jüngste Kind, besaß natürlich
nichts. Voller Erbarmen schenkte mir Mutter
einen ausrangierten Schuhanzieher, mit dem
ich allerdings nichts anfangen konnte. Ich bot
ihn freizügig jedermann an, aber niemand
wollte ihn haben. Möpschens Favorit war ein
alter Kochlöffel mit einem abgebrochenen Stiel-
rest. Er trug ihn stundenlang im Maul herum,
was seine Lefzen so in die Breite zog, dass er wie
ein behaarter überdimensionaler Frosch aussah.
Wahrscheinlich war der Löffel von Bratensoße
und anderen Köstlichkeiten durchtränkt und für
ihn eine Art herrliche Lutschstange. Sonst ließ
er sich gutmütig ziemlich alles aus dem Maul
nehmen, gelegentlich sogar einen Knochen, aber
versuchte man es mit diesem Löffel, sträubte
sich sein Nackenhaar und er fing an, gefährlich
zu knurren.

Mamsells Ein und Alles wiederum war ein
Schälmesser. Für sie gab es so etwas Fabelhaftes
nicht zum zweiten Mal in ihrer Küche. Dabei
war die Klinge schon leicht verbogen, ganz dünn
vom vielen Schleifen und saß ziemlich locker.
Nie hätte sich jemand von uns an dieses Messer
gewagt. Trotzdem verschwand es ab und zu auf
geheime Weise, und Mamsell durchwühlte ver-

geblich sämtliche Schubladen. So auch in dieser Aprilwoche, in der Hausbesuch anstand. Während sie immer hektischer in den Schränken herumrumorte, kam mein für gespannte Atmosphären nicht eben empfänglicher Bruder auf die Idee, ihr eine Scherzfrage zu stellen: »Was heißt das: Osterbēn Onēglaubēn ist des Menschen Vērderbēn?« Mamsell drehte sich um und sagte mit gefährlich ruhiger Stimme: »Raus! Ich zähle bis drei!«

Mein Bruder verschwand auf der Stelle, ohne die Auflösung seiner Scherzfrage losgeworden zu sein: »O sterben ohne Glauben ist des Menschen Verderben.« Er beklagte sich bei Mutter über Mamsells Gereiztheit, und die wusste gleich, was die Stunde geschlagen hatte. Aber sie wusste auch, wie man Mamsell besänftigen konnte, nämlich durch eine gemeinsame Inspektion des Vorratskellers.

»Kommen Sie«, sagte Mutter, und Mamsell folgte ihr nur zu gern. Die Vorräte im Keller waren nämlich ihr ganzer Stolz, und es war für uns Kinder gefährlich, auch nur ein Glas Marmelade oder Kompott zu stibitzen, denn jedes Weckglas wurde gezählt und darüber Buch geführt. Während sie mit Mutter an den Regalen entlangschritt, in denen die Weckgläser mit teils als Kompott, teils als Marmelade oder Gelee eingemachten Johannisbeeren, Erdbeeren,

Himbeeren, Stachelbeeren, Birnen und Kirschen und die Tontöpfe mit Pflaumenmus, Sauerkraut, eingelegten Gurken und Eiern schnurgerade aufgereiht und mit Etiketten sauber beklebt wie in Hab-Acht-Stellung standen, besserte sich ihre Laune zusehends. Sie inspizierte die mit Erde abgedeckten Mohrrüben und Kohlköpfe und schob mit dem Fuß die Kartoffeln auseinander. »Fangen schon an zu keimen«, bemerkte sie, bückte sich so ganz nebenbei und hob etwas auf, das im Licht der Petroleumlampe blinkte. Es war das Messer. Mutter tat, als habe sie nichts gesehen, und Mamsell ergriff ein Glas Leberpastete, drückte es Mutter in die Hand und meinte: »Ab und zu sollten wir dem Herrn Grafen wirklich mal was Gutes gönnen.«

»Da wird er sich aber freuen!«, rief Mutter strahlend, als hätte man ihr gerade eine Büchse russischen Kaviars überreicht.

Der April war nicht gerade ein Monat, in dem sich unsere Gäste die Klinke in die Hand gaben. Zwar schwärmte, wer hin und wieder kam, vorher von dieser herrlichen Jahreszeit, in der man, frei von Ausflüglerrummel, das Wiedererwachen der Natur in wundervoller Ruhe genießen konnte, verabschiedete sich aber dann doch schneller wieder als erwartet, nicht ohne im Gästebuch Dankeshymnen zu hinterlassen: auf das selbst gebackene Brot, Mamsells exquisite

Küche und auf die unermüdlichen Bemühungen der Eltern, den Gast zu amüsieren. Dabei unterschlug man großmütig, dass das Amüsement darin bestand, von Vater bei jedem Wetter, auch wenn es sich alles andere als freundlich zeigte, ein kräftiger Wind vom See her blies und es vom Himmel drippelte, durch den tropfnassen Wald geschleppt zu werden, um seine einmaligen Bäume zu besichtigen. Auch hielt Vater es in dieser Jahreszeit für geboten, die gedankenlose Verschwendung von Holz und Kohle ein wenig zu drosseln, und so wurden nur noch Wohnzimmer und Gästezimmer geheizt, während sich im restlichen Haus eine feuchte Kälte ausbreitete und der Gast bei den Mahlzeiten im Esszimmer vor sich hin bibberte. Vater meinte, wenn er zum Baden im See das Eis nicht mehr aufhacken musste, seien die Temperaturen schon fast sommerlich.

Der einzige Gast, der im April bis zum letzten Tag der angekündigten drei Wochen blieb und noch dazu, was Abhärtung und spartanische Lebensweise betraf, in Vaters Horn tutete, war Tante Herta. Trotzdem sprühte Vater nicht gerade vor Begeisterung, denn sie ging ihm mit ihrem Kräutertick ziemlich auf die Nerven. Aber er nahm doch mit Wohlwollen zur Kenntnis, dass sie der nächste Besuch sein würde.

»Ordentliche Person«, sagte er, »mit sehr

vernünftigen Ansichten. Und mit allem zufrieden. Sie wird ja wie immer ganz mit ihren Kräutern beschäftigt sein.«

»Zu viel«, sagte Mutter. »Ich hoffe, sie verschont uns dieses Jahr mit ihrer genialen Frühjahrskur und verdirbt uns nicht jedes Essen mit Löffelkraut. Sogar an den Brotteig hat sie das Zeug getan.«

»Nun ja«, sagte Vater, »es schmeckte wirklich sehr eigenartig.«

»Scheußlich hast du damals gesagt«, erinnerte ihn Mutter.

Vater erlaubte Billi gnädig, die Tante von der Kleinbahn abzuholen.

»Mit den Füchsen?«, fragte mein Bruder begierig.

»Nein, mit der Liese«, sagte Vater. »Die muss viel öfter bewegt werden.«

Mein Bruder zog einen Flunsch. Nicht, weil er das alte Pferd gering schätzte, aber die Schnellste war sie nun wirklich nicht mehr und blieb oft stehen, sah sich ein bisschen in der Gegend um und stieß ein entsagungsvolles Prusten aus, ehe sie sich wieder in Gang setzte.

Wie meist, wenn wir zur Kleinbahn fuhren, goss es in Strömen, und ein völlig durchnässter, missgelaunter Junge kam mit einer recht aufgekratzten Tante zurück, die es unter ihrem aufgespannten Schirm sehr viel trockener gehabt hatte. Auf der Treppe vor dem Haus wurde sie nicht nur von uns, sondern auch von Möpschen empfangen, der mit seinem Kochlöffel in der Schnauze mehr denn je einem überdimensionalen Breitmaulfrosch glich und seine geliebte »Zuckerschnecke«, Tante Hertas Dackel, freudig begrüßte.

»Bisschen nass geworden, der Junge!«, rief die Tante vergnügt. »Aber Frühlingsregen ist gesund, da wächst man!«

Wir hatten, dem familiären Anlass entsprechend, nicht gerade unser Bestes an, aber gegen Tante Herta waren wir direkt großstädtisch gekleidet. Unter ihrem ziemlich abgewetzten, betagten Lodencape kam etwas Giftgrünes, sehr weitmaschig Gestricktes hervor und darunter ein Kleid, dessen unbestimmte Farbe und Form für seine Unverwüstlichkeit sprachen. An den Füßen trug sie Schnürstiefel, die in Breite und Länge den Siebenmeilenstiefeln in unseren Märchenbüchern glichen. Sie hatte uns in einer wundervollen Glasdose selbst gekochte Kräuterbonbons mitgebracht, aber nicht einmal den ersten lutschten wir zu Ende. Sogar die nicht allzu wählerischen Pferde spuckten die Bonbons wieder aus, und Tante Hertas Dackel schnappte wütend nach uns, als wir ihm einen davon unter die Nase hielten.

Tante Herta gehörte zu den angenehmen

Gästen, die sich gut allein beschäftigen konnten, denn sie war dauernd unterwegs, immer auf der Suche nach geeigneten Kräutern gegen vielerlei Leiden, Veilchen zum Gurgeln bei Halsentzündung, Schluckbeschwerden und Mundfäulnis, Minze und Brennnesseln zum Trinken bei Keuchhusten, Bronchialkatarrh und Husten. Allerdings brachte sie unseren Tageslauf total durcheinander, weil Blüten nur morgens, bevor sie sich öffneten, geerntet werden durften, das hieß, immer zur Frühstückszeit, und die grünen Pflanzenteile über Mittag zwischen zwölf und drei, also immer dann, wenn es Mittagessen geben sollte oder Vater sein Nickerchen auf dem Sofa im Wohnzimmer machte. Auch wuselte sie dauernd in der Küche herum, um all den Veilchensud, Brennnesselsaft und Huflattichsirup zu kochen. Mamsell ließ sich das erstaunlich lange gefallen, wohl weil irgendeines dieser Kräuter, mit denen sie von Tante Herta beglückt worden war, tatsächlich verdauungsfördernd gewirkt hatte. Aber dann empfahl ihr die Tante, große Mengen von einem Gebräu aus Birkenblättern, Brennnesseln und Löwenzahn zu trinken, um ihren Winterspeck loszuwerden, denn Mamsell habe doch, das müsse sie ihr mal in aller Ehrlichkeit sagen, ganz schön zugelegt, was aber natürlich bei jemandem, der dauernd abschmecken müsse, sehr verständlich sei. Mamsell sprach dem Tee, wenn auch mit Todesverachtung, denn er schmeckte, wie er roch, reichlich zu und lobte seine »wasserziehende« Wirkung. Nach zwei Tagen aber bekam sie einen solchen Appetit, dass sie in einer Woche drei Pfund zunahm. Von Stund an war Tante Herta in der Küche kein gern gesehener Gast mehr, und Mamsell warf selbst das verdauungsfördernde Kraut in den Mülleimer.

Aber Tante Hertas Besuch neigte sich sowieso dem Ende zu, und sie rüstete sich zur Abreise, jede Menge getrocknete Veilchen und Gänseblümchen, Brennnesselsaft und Huflattichsirup im Gepäck. Vater brachte sie persönlich zur Bahn, natürlich mit den Füchsen. Mein Bruder erinnerte ihn daran, dass die Liese viel öfter bewegt werden müsse.

»Stimmt, mein Junge«, sagte Vater. »Du kannst mit ihr morgen zur Mühle fahren und Mehl holen.«

11 Des Hauses Ehr

Die Linden blühten, was Vater zu der Bemerkung veranlasste, nun sei der Sommer wohl bald vorbei. Doch klang es keineswegs bedauernd, sondern eher hoffnungsvoll, wahrscheinlich, weil er sich heimlich nach dem Ende der Ferien sehnte und die Maxime »Des Hauses Ehr ist Gastlichkeit« allmählich als lästig empfand. Immer im Dienste der Gäste und ihrer Marotten zu sein – der eine konnte nur im Stockdunkeln schlafen und tat das bis in den Mittag hinein, der andere saß schon vor Tau und Tag im Esszimmer und wartete auf sein Frühstück – war doch recht anstrengend. Außerdem war Mutter mehr als sonst hinterher, dass er nicht wie ein Waldschrat herumlief, und beantwortete seine in klagendem Tonfall vorgebrachte Frage »Muss ich mich wirklich noch rasieren?« jedes Mal mit einem knappen Kopfnicken, nicht ohne noch hinterherzurufen: »Und zieh dir bitte eine andere Jacke an!« Denn die Abendmahlzeiten fanden nun bei Kerzenlicht statt, das gute Porzellan wurde aus dem Schrank geholt, und die praktischen Messerbänkchen neben den

Tellern verschwanden, weil Mutter sie plötzlich spießig fand. Blumen schmückten den Tisch, und Mutter achtete darauf, dass die Mädchen beim Servieren weiße Schürzen trugen.

Während Vater auf das Vorrecht der erwachsenen Gäste, es so gemütlich und bequem wie möglich zu haben, Rücksicht nahm, war er keineswegs zimperlich, wenn es um unsere sommerlichen Spielgefährten ging. Nach dem Motto »Kinder sind zum Helfen da« nahm er sie ordentlich ran. Brennholz aufstapeln, Reusen flicken, Aalpuppen aufwickeln, Schnüre entwirren und Beete gießen gehörten zum selbstverständlichen Pensum. Vor allem aber setzte er sie gern bei den nie enden wollenden Arbeiten im Wald ein, für die die Jungen im Alter meines Bruders natürlich am besten geeignet erschienen. Sobald so ein ahnungsloses Geschöpf fröhlich aus dem Wagen geklettert war und Vater mit festem Händedruck begrüßte, prüfte er so ganz nebenbei seine Muskeln, was die Mütter etwas misstrauisch beobachteten. Doch das darauf folgende Lob »Prächtiger Bursche« oder der Ausruf »Klein, aber oho!« ließ sie geschmeichelt nicken, nicht ahnend, dass sie mit dieser Zustimmung das Schicksal ihres Herzepimpels besiegelten. Arglos ließen sich die kleinen Lieblinge auf den Bretterwagen, vor den die Liese gespannt war, locken und fuhren mit uns in den

Wald, um Alleebäume anzubinden, junge Kiefernpflanzen von Unkraut zu befreien oder Zäune zu errichten. Allerdings merkten sie ziemlich schnell, worauf sie sich da eingelassen hatten. Ameisen krabbelten ihnen in die Hosenbeine, Mücken und Bremsen ernährten sich von ihrem Blut und verwandelten ihre Haut in einen roten, unerträglich juckenden Streuselkuchen, und Beine und Arme machten schmerzhafte Bekanntschaft mit Dornen und Brennnesseln. Doch Vater hielt sie mit großem Geschick bei der Stange, indem er alles, was sie taten, über den grünen Klee lobte – etwas, was er sich bei uns völlig sparte. Wenn sie dann von ihren besorgten Müttern zu Haus wieder in Empfang genommen wurden, die Schrammen gepflastert und die juckenden Insektenstiche mit heilender Salbe bestrichen waren, erzählten sie völlig überdreht und mit überschnappender Stimme von ihren Erlebnissen. Eine Kreuzotter – »Ringelnatter«, murmelte Vater – hatte sie angezischt, sie hatten ein gefährlich grunzendes Wildschwein gesehen, bei dem es sich wohl eher um einen Dachs gehandelt hatte, und ein Riesenraubvogel, wahrscheinlich ein Adler, wahrscheinlicher aber doch eine Krähe, war ganz tief über ihre Köpfe geflogen. Die Mütter wussten nicht recht, was sie von alldem halten sollten. Aber da die Kleinen trotz der davongetragenen

Blessuren quietschvergnügt waren, machten sie gute Miene zum bösen Spiel.

Nicht nur wir hatten in der Ferienzeit Besuch. Fast jedes Haus im Dorf beherbergte jetzt blasse, pickelige Stadtkinder, die man zur Erholung auf die Weide geschickt hatte. Es war schwer zu sagen, wer die größeren Vorurteile besaß, wir gegen die Städter oder sie gegen uns. Aber das glich sich aus, je nachdem, wer sich auf dem ihm vertrauten Terrain bewegte. Die Stadtkinder hatten keine Ahnung vom beschaulichen Landleben und tobten in den Ställen und auf dem Hof herum, dass die Kühe sich verjagten und keine Milch mehr gaben, die Pferde wild zu schnauben begannen und die Hühner mit wildem Gegacker durcheinander stoben. Sie waren wie Babys, sie stopften sich alles in den Mund, was sie für essbar hielten, Tollkirschen zum Beispiel, was viel Aufregung nach sich zog, denn die Gastgeber mussten unter großen Mühen und oft mit sehr rüden Methoden das einmal in den Magen Gelangte wieder ans Licht bringen. Die Stadtkinder verletzten sich beim Spielen an den landwirtschaftlichen Maschinen, rammten sich Mistgabeln oder Spaten in den Fuß, gingen sorglos mit Sense und Sichel um, so dass sie einem armen kleinen Gänseküken den Kopf abmähten, buddelten sich auf dem Heuboden Höhlen, in denen sie dann fast erstickten, kamen beim Schwimmen in gefährliche Nähe der Seerosen und versuchten, mit Brenngläsern den staubtrockenen Wald ein wenig aufzuheizen. Kurz gesagt, sie waren zu nichts Vernünftigem zu gebrauchen, und nach jedem Sommer sagte Mutter höchst erleichtert: »Gott sei Dank, es ist nicht viel passiert.« Dafür waren sie fixer als wir, schneller von Kapee und schlugen uns haushoch bei jedem kniffligen Spiel.

Wenn wir dann bei unseren Verwandten in Berlin zu Besuch waren, fanden die uns gehemmt und einfältig. Wir waren noch nie im Theater gewesen, konnten uns unter dem geheimnisvollen Wort Kinematograph nichts vorstellen und verstanden immer »Prärie«, wenn von der Peripherie der Stadt die Rede war, stolperten neben unseren Gastgebern über den Kurfürstendamm und rempelten, verwirrt von den vielen Menschen, dauernd jemanden an – »Mensch, haste Tomaten uff de Oogen?«. Wir bestaunten die gekachelten Wände der öffentlichen Toiletten und waren unter dem herablassenden Lächeln unserer Vettern und Kusinen fasziniert von den Spucknäpfen auf den Bahnsteigen, neben denen man sich an einer kleinen Wasserfontäne nach dem Spucken den Mund ausspülen konnte.

Unter den vielen Kindern, die im Lauf der Jahre durch unser Haus zogen, gab es auch einen entfernten Vetter namens Kurt, ein freundliches Schlitzohr, der es verstand, sich überall beliebt zu machen, und deshalb allmählich schon fast ein Stammgast bei uns war. Nach der Begrüßung bedankte er sich erst einmal artig bei meiner Mutter, dass er zu den Auserwählten gehörte, die bei uns die Sommerferien verbringen durften, brachte Vater schnell dazu, ihm einen Vortrag über die Gefahren von Kiefernspannern, Rüsselkäfern und anderen Schädlingen, die den Wald bedrohten, zu halten, erkundigte sich höflich, wie es der Liese gehe, fütterte Möpschen mit einem mitgebrachten Wiener Würstchen und machte Mamsell nicht nur Komplimente über den ihm zu Ehren gebackenen Schokoladenkuchen, sondern jedes Mal auch ein kleines Geschenk. Obwohl wir es ungern zugaben, fanden wir ihn eigentlich ganz nett, denn er kam uns nie in die Quere, war weder rechthaberisch noch streitsüchtig, zeigte keinerlei Neigung, sich mit meinem Bruder darüber zu zanken, wer die Füchse kutschieren durfte, und lag am liebsten irgendwo im Garten und las. Trotzdem fanden wir, dass reichlich viel Gewese um ihn gemacht wurde. Er konnte sich vor jeder unangenehmen Pflicht drücken, denn er war – das wusste jeder – das »arme Kind mit dem gebrochenen Arm«. Dieser Vorfall lag zwar schon drei Jahre zurück, es ließ sich aber immer noch

Kapital daraus schlagen. Eine Gießkanne tragen – unmöglich. Vater im Wald helfen – ausgeschlossen. Das Ruder in die Hand nehmen – wie denn, bitte? Bei jeder erbetenen Hilfe, die ihm zu mühsam war, brauchte er nur mit einem um Verständnis bittenden Blick auf seinen Arm zu tippen, und schon entschuldigte sich jeder, weil er nicht gleich daran gedacht hatte.

Auch in diesem Jahr zeigte sich Kurtie bei seiner Ankunft wieder von der besten Seite und hatte außerdem ein ganz außergewöhnliches Geschenk für Mamsell: einen Kanarienvogel. Prompt fingen wir an, uns zu ärgern, dass wir nicht schon längst auf so eine tolle Idee gekommen waren. Denn ein Kanarienvogel war auch für unser Sparschwein erschwinglich und machte eine Menge her. Dieser jedenfalls bestimmt. Mamsell konnte sich vor Rührung nicht lassen, und mehr als je zuvor mampfte Kurtie Köstlichkeiten wie Sahnebonbons, Baisers und Schokoladenkekse vor sich hin. Der Vogel war wirklich allerliebst. Er sang und trällerte, dass es eine Freude war, Vater allerdings manchmal etwas zu viel. Doch dann brachte es der berühmte »Irgendjemand« fertig, das Käfigtürchen offen zu lassen. Der Vogel flatterte hinaus und in die Küche, wo er neben Möpschens Kopf landete, der gerade seine geliebte Buttermilch schlabberte und ihn verdutzt betrachtete. Nun muss gesagt werden, dass Möpschens Augen und Geruchssinn nicht mehr besonders gut waren, so dass er den Kanarienvogel anscheinend mit einem beweglichen Klumpen herrlicher Butter verwechselte und Anstalten machte, ihn zu verspeisen. Kurtie warf sich dazwischen und versuchte, Möpschen wegzuziehen. Es gab ein kurzes Gerangel, bei dem Kurtie ins Stolpern kam und hinfiel. Als endlich wieder Ruhe in der Küche eingetreten war, gab es keinen Kanarienvogel mehr, aber dafür einen gebrochenen Arm.

12 Die Bildungsreise

Mutter war der Meinung, auch ihre Kinder müssten mal raus, andere Tapeten sehen, nicht immer der gleiche Trott. Und so wurden erst mein Bruder und meine Schwester zu unseren Verwandten nach Schlesien geschickt. Meine Schwester fand das knorke, doch mein Bruder fragte: »Kann man da auch angeln?«

»Du und dein Angeln«, sagte Mutter irritiert. »Das ist ja schon die reinste Manie.«

Eine Woche später war es dann so weit. Wir brachten die beiden zur Kleinbahn. Sie hatte wie üblich Verspätung, und es blieb Zeit genug für Mutter, meine Geschwister mit Mahnungen einzudecken. »Verliert eure Fahrkarten nicht! Bleibt weg von der Tür! Hängt euch nicht aus dem Fenster!«

Lange winkten wir ihnen hinterher. Als wir wieder zu Hause waren, hüpfte mein Herz. Endlich, endlich ein Einzelkind. Eine Freude, die mir nur kurz vergönnt war. Ich hatte es mir gerade auf der Veranda gemütlich gemacht und war dabei, meine Papierpuppen neu einzukleiden, als Mutter erschien und mir in dem Jubelton, den sie meistens anschlug, wenn sie mich von etwas überzeugen wollte, verkündete: »Ich hab heute einen Brief von Tante Armgard bekommen. Sie würde sich rasend über deinen Besuch freuen.«

Der Schreck fuhr mir so in die Glieder, dass ich einer meiner Puppen ein Bein abschnitt.

»Tante Armgard?«, rief ich, als hätte ich diesen Namen noch nie gehört.

»Ja.« Mutter reagierte mit leichter Ungeduld. »Du weißt doch, sie wohnt in Potsdam. Sie muss dich wohl ins Herz geschlossen haben. In jedem Brief erkundigt sie sich nach dir. Du fandest sie doch auch immer besonders nett.«

»Ich?« Vor mir tauchte vage das Bild einer schon etwas schrumpligen Tante auf, die zum Abendbrot ein grauseidenes Kleid mit weißem Krägelchen trug, im Adelsblatt am liebsten die Todesanzeigen las, alles erschütternd fand – »Der arme Vincent, ihr wisst schon, der mit dem einen Bein, hat sich das andere nun auch noch gebrochen – erschütternd!« – und ständig auf der Suche nach ihrem Haarnetz war. Sie führte ein beschauliches Witwenleben in Potsdam und ließ sich leicht etwas aufschwatzen, insbesondere von Verkäuferinnen. So erschien sie einmal bei uns mit einem viel zu kleinen Hut und in einem offensichtlich teuren, aber viel zu mächtigen Mantel, in dem sie wie ein Kaffeewärmer aussah.

Mit dem Talent der Verkäuferinnen konnte Mutter es durchaus aufnehmen, und so war der von Tante Armgard ersehnte Besuch wohl eher ihre Idee. Mein Sträuben half mir nichts, Mutter blieb eisern. »Sei bitte nicht schwierig, Potsdam ist eine so schöne Stadt. Du wirst staunen, was du da alles zu sehen bekommst. Du weißt doch, das berühmte Glockenspiel: ‹Üb immer Treu und Redlichkeit / bis an dein kühles Grab / und weiche keinen Fingerbreit / von Gottes Wegen ab›«, zitierte sie.

Ein paar Tage später brachte Vater Mutter und mich zur Kleinbahn. Er hatte uns sogar die zweite Klasse spendiert, wenn auch nur bis Rathenow. Ich fand das doof. In der dritten war immer viel mehr los. Gänseküken watschelten piepsend durch den Gang, oder ein Betrunkener grölte herum. Die zweite Klasse war so staubig, dass ich dauernd niesen musste, und völlig leer. Kaum hatten wir Platz genommen, verlangte es mich nach einer Stärkung, denn Mamsell hatte uns herrlichen Reiseproviant zurechtgemacht. Mutter pellte mir seufzend ein hartes Ei. »Wir sind noch nicht mal in Rathenow, und schon geht's wieder mit der Esserei los.«

Ich inspizierte inzwischen, was Mamsell uns so in die Reisetasche eingepackt hatte, und beschnupperte all die Köstlichkeiten. »Pummelchen mit Leberpastete, oh! Schokoladenkekse, mmmh! Stullen mit Schlackwurst, auch sehr gut!«

»Ein Ei und nicht mehr!«, sagte Mutter energisch. »Du weißt, hier gibt's kein Klo.«

Der Schaffner, der draußen von Abteiltür zu Abteiltür turnte, schwang sich herein, um die Fahrkarten zu kontrollieren.

»Wohin soll's denn gehen?«

»Nach Potsdam«, sagte ich.

»Potsdam«, wiederholte er so andachtsvoll, als hätte ich Honolulu gesagt. »Na denn, gute Fahrt.«

Im D-Zug fuhren wir selbstverständlich Holz-Klasse, und das letzte Stück legten wir mit der Straßenbahn zurück, das Nonplusultra für mich Landkind.

Die Tante wohnte im zweiten Stock einer ehemaligen Villa, deren Treppenflur mit roten Läufern, blinkenden Messingstangen, viel Marmor und großen Spiegeln ausgestattet war. Ich konnte mich von meinem Spiegelbild gar nicht trennen, bis Mutter ungeduldig wurde. »Nun komm endlich! Wir wollen hier nicht auf dem Flur übernachten!«

Wir klingelten, knarrende Schritte näherten sich, und Tante Armgard öffnete die Tür. Die von Mutter angekündigte rasende Freude über meinen Besuch schien sich in Grenzen zu halten. »Ach ja, das Kind«, sagte die Tante, tätschelte aber dann doch freundlich meine Wange. Geübt schlängelte sie sich durch die mit geschnitzten und gedrechselten Möbeln vollgestopfte Wohnung, während Mutter und ich uns an all dem Zierrat blaue Flecken holten, ehe wir uns aufatmend an einem niedrigen Tischchen zur Vesper niederließen. Für mich gab es einen Becher ziemlich wässrige Milch und für die Damen Kaffee, der, nach Mutters Gesichtsausdruck zu urteilen, eine ziemliche Plörre sein musste, dazu trockenen Kuchen. Das Gespräch drehte sich überwiegend um Familienmitglieder, die im letzten Jahr das Zeitliche gesegnet hatten, wie Tante Armgard sich ausdrückte, und natürlich um meinen Onkel, den viel zu früh und so erschütternd Dahingeschiedenen, der während der Trauung einer Nichte bei den Worten des Pastors »… bis dass der Tod euch scheidet« einen Herzschlag erlitten hatte. Ich brannte darauf, auch etwas zu dieser Unterhaltung über Todesfälle beizusteuern und die Geschichte mit dem Bullen loszuwerden, der ja traurigerweise nun auch den Weg alles Irdischen gegangen, aber im Gegensatz zu dem Onkel noch für die menschliche Ernährung von Nutzen gewesen war, zum Beispiel in Form von Ochsenschwanzsuppe. Aber Mutter gab mir mal wieder keine Chance. Bereits nach den ersten, zugegebenermaßen etwas wirren Sätzen unterbrach sie mich.

»Das gehört nun wirklich nicht hierher.« Und im Übrigen sei es höchste Zeit für sie, aufzubrechen, wenn sie den Zug noch rechtzeitig kriegen wollte.

Das Abendbrot bestand für mich aus einer dünnen Grießsuppe und einer Scheibe Pumpernickel mit einem Hauch von Schmelzkäse. Die Tante spielte liebenswürdigerweise noch eine Partie Mühle mit mir, und dann schickte sie mich ins Bett, obwohl es selbst für mein Alter viel zu früh war und ich die anderen Kinder noch auf der Straße lärmen hörte. Aber ich widersprach nicht. Ich hatte, von Mutter unbemerkt, einiges von Mamsells köstlichem Proviant in meinen Puppenkoffer gerettet, und nach meinem kärglichen Abendbrot lief mir allein schon bei dem Gedanken daran das Wasser im Munde zusammen. Leise knurpste ich in meinem riesigen Kastenbett so lange vor mich hin, bis der Magen jeden weiteren Bissen verweigerte. Ich hörte auf, an der Nachttischlampe herumzuspielen, und schlief, ein ungepelltes hartes Ei in der Hand, nach einem satten Rülpser auf der Stelle ein. Ich erwachte erst wieder von dem Rattern der schweren Jalousie, die jemand in die Höhe zog. Die Sonne schien mir ins Gesicht, und ich richtete mich auf. Vor mir stand eine kräftige Person etwa in Mamsells Alter und sagte: »Ick bin Anna. Nu sieh mal zu, dass du aus dem Bette und in die Puschen kommst. Aber Zähne putzen nich vergessen und ooch nich beim Waschen die Ohren.«

Anna war Tante Armgards Mädchen für alles und sollte meine Lebensretterin werden, als ich drohte an Langeweile zu sterben. Die Tante nämlich hielt weder etwas von einem Stadtbummel noch von Besichtigungen. Sie zog es nur zu einem Ort, dem Friedhof, der letzten Ruhestätte des Onkels. Zuerst fand ich es noch ganz interessant. Während sie an dem Grab des Onkels herumpusselte und sich mit anderen Trauernden, die das Gleiche taten, von dem immer wiederkehrenden Schmerz erschüttern ließ, schlenderte ich auf dem Friedhof herum, sah den Karnickeln zu, wie sie durch die Anlage flitzten, und hatte ein hochinteressantes Gespräch mit dem Kuhlengräber. Er erklärte mir genau, wie tief ein Grab sein musste und wie lange man im Winter bei starkem Frost dafür brauchte. Er stammte wie ich vom Lande, und in seinem Dorf waren die Toten noch in der Scheune oder im Stall aufgebahrt worden, zwischen Schafen, Schweinen und Hühnern. Am dritten Tag jedoch langweilte ich mich so, dass ich, gegen einen Grabstein gelehnt, einschlief, was die Friedhofsbesucher außerordentlich unpassend fanden. Außerdem spürte ich etwas, was ich noch nie gekannt hatte: wirklichen Hunger.

Nachdem Anna mich dabei ertappte, wie ich mich gerade über die Pellkartoffeln von gestern hermachte, hatte sie ein Unter-vier-Augen-Gespräch mit der Tante und nahm mich, wenn sie mit dem Abwasch vom Mittagessen fertig war, mit zu sich nach Haus, wo Töchterchen Erika, nur wenig älter als ich, bereits gespannt auf mich wartete. Ich bekam erst einmal ordentlich was zu futtern, und dann ging es ab in den Schrebergarten der Familie. Bei den Laubenpiepern fühlte ich mich sofort wie zu Hause. Es ging bei ihnen so ähnlich wie in unserem Dorf zu, jeder kannte jeden, dauernd wurde man ermahnt: »Tritt nicht aufs Geharkte«, und das Gespräch drehte sich um Ernte und Wetter. Kinder zum Spielen gab es reichlich, bewacht von Müttern, Großmüttern und Tanten, die bereits am frühen Morgen, bewaffnet mit Thermosflaschen, kalten Klopsen, Heringssalat, Kartoffelsalat und Kuchen, in der Schreberkolonie Einzug hielten und die hungrigen Mäuler mit Obst aus eigener Ernte und Mitgebrachtem vollstopften.

Erikas Vater war Kutscher in einer Bierbrauerei und war diesem Produkt sehr zugetan. »Willste 'n Schluck von meiner Weißen mit Schuss?«, fragte er mich alle Augenblicke, und Anna sagte tadelnd: »Nu mach aber mal halblang, Willi.«

Wir fachsimpelten über Vollblüter und Kaltblüter und dass ein guter Kutscher seine Pferde nur mit einem Zungenschnalzen zum Antraben bringen sollte und nicht mit der Peitsche. Erika besaß ein eigenes kleines Planschbecken, einen Laubfrosch und als besondere Attraktion eine schwanzlose Katze, ein großer Anziehungspunkt für die Kinder der Nachbarn – »Wo is denn nu dein Katzenvieh mit dem ab'n Schwanz?« –, bis Erika rief: »Haut ab, ihr Piesepampels! Wir sind hier nich im Panoptikum!« Als sie meinen verständnislosen Blick sah, fügte sie hinzu: »Da jibt et Menschen aus Wachs.« Dann lüftete sie unter meinen neidischen Blicken zum x-ten Mal ihre Kittelschürze, um ihren rosa Schlüpfer hochzuziehen. Meiner war noch am Leibchen angeknöpft, und rosa war er auch nicht.

Ehe ich es mich versah, war meine Zeit um, und ich fuhr wieder nach Haus. Ich war in prächtiger Verfassung, und Mutter konnte Tante Armgard gar nicht genug loben, wollte aber dann genau wissen, wo ich überall gewesen war und was ich alles gesehen hatte. Sie zog mich liebevoll an sich. »Was hat dir denn nun am besten gefallen? Sanssouci oder die Linde mit den Bittschriften? Ich weiß, sicher das Glockenspiel.«

Ich schüttelte den Kopf. »Am schönsten war's im Schrebergarten von Anna«, sagte ich. Als sich herausstellte, dass ich mich ausschließlich dort aufgehalten hatte, war Mutter wirklich erschüttert, und Tante Armgard wurde nicht mehr sehr häufig erwähnt. Dafür fand ein Geschenk meiner Freundin Erika Vaters höchste Bewunderung: eine Büste von Bismarck aus Ton. In den Rillen auf dem Kopf, über den Augen und über dem Mund konnte man Gras säen, das tatsächlich nach kurzer Zeit zu sprießen begann. Stolz zeigte ich es meiner Familie. »Und neues Leben blüht aus den Ruinen«, sagte Vater.

13 Löwe im Haus

Hereinspaziert, hereinspaziert! Ich bin ein altes Haus und hab Besucher gern. In jungen Jahren wurden sie mir allerdings oft zu viel, besonders im Sommer, wenn sie sich die Klinke in die Hand gaben. Dieses ewige Rein und Raus, dieses Gerenne treppauf, treppab. Und das Kindergetobe, wenn sie »Hänschen, piepe mal« spielten. Eins von ihnen wäre dabei fast in einer Truhe erstickt, ein Winzling, kaum des Laufens mächtig, aber von dem Gedanken beherrscht, Dabeisein ist alles. Rein zufällig wurde er vom Hausherrn entdeckt, der sein schwaches Klopfen hörte und mit dem erstaunten Ausruf: »Was für 'ne Mottenkugel bist du denn?« den zwischen Fußsäcken und Pelzdecken halb Erstickten hervorzog. Lang, lang ist's her.

Gehen Sie ruhig durch meine Räume und betrachten Sie alles ganz genau. Es lohnt sich. Sie werden etwas Ähnliches wie diese Einrichtung so schnell nicht wieder finden. Sozusagen Sperrmüll pur. Ein wirklich interessantes Sammelsurium aller Moden und Stilrichtungen. Bei mir gibt es Klotziges, Zierliches, Kantiges, Spinnenbeiniges, mit Ornamenten Verziertes und Schlichtes, ebenso gekonnt zusammengestellt und die Zimmer belebend wie ein bunter Blumenstrauß. Grübeln Sie nicht darüber nach, warum es so merkwürdig riecht. Die praktischen Ölöfen haben leider ein etwas penetrantes Aroma. Öffnen Sie die Fenster mit gebotener Vorsicht, die Scheiben sitzen locker. Doch Rahmen und Glas sind dafür so alt wie ich, mehr als hundert Jahre. Das Eingeritzte stammt noch von ungezogenen Kindern aus meiner Jugendzeit. Seien Sie vorsichtig mit der Treppe, die nach oben führt. Ihre ungleichen Stufen haben schon viele zu Fall gebracht. Nur ein Junge namens Berti hatte Glück, weil er auf eine vor ihm gestolperte wohlbeleibte Tante fiel und so außer einer Ohrfeige keinen weiteren Schaden davontrug.

Genießen Sie den Ausblick, den Ihnen die Mansardenzimmer bieten. Sehen Sie in den weiten Himmel, wo vielleicht gerade eine dunkle Wetterwand aufzieht und das Blau plötzlich bleiern wird, hören Sie, wie die Wasservögel auf dem See herumzetern, die Lerchen trillern und die Kiebitze über der Wiese kobolzen, atmen Sie die würzige Luft, erfüllt von dem Duft von Schilf, Sträuchern und blühendem Gras. Vielleicht werden Sie jetzt ganz plötzlich den Wunsch verspüren, sich hier für immer niederzulassen, wobei Sie allerdings vergessen, dass es lange Wintermonate gibt, in denen die Wolken fast bis aufs Dach hängen, die Regentonnen überfließen und man nur angetan mit dicken Socken und festem Schuhwerk einigermaßen trockenen Fußes über den Hof kommt.

Erschrecken Sie bei Ihrem Rundgang nicht, wenn plötzlich, wie aus der Erde gewachsen, ein merkwürdig aussehendes Geschöpf vor Ihnen steht, mittelgroß, schlank, mit üppigem Haarschopf, abenteuerlich gekleidet, mit Farbe bekleckert, in einer Hand einen Pinsel, in der anderen eine Zigarette, ausgestattet mit einer riesigen Taucherbrille, so dass Sie vielleicht einen verwirrten Augenblick lang der Meinung sind, der Nöck sei aus dem See gestiegen, der der Sage nach dort sein Quartier hat. Doch diese Gestalt ist kein Fabelwesen. Sie kommt weder aus einem See noch von einem fremden Stern. Sie kommt aus Bayern und ist meine Altenpflegerin. Sie hat sich mit großer Energie meiner bemächtigt und ist meinen über Jahrzehnte erworbenen Gebrechen tatkräftig zu Leibe gerückt. Sie sorgt sozusagen für mein Outfit. Sie verputzt und malt, hobelt und nagelt, sägt und schleift, wobei die Geräusche, die sie dabei verursacht, mir durch Mark und Bein gehen. Nachts zieht sie sich diskret in den Keller zurück, um mich in meinen Träumen nicht zu stören. Sie erscheint stets in

Begleitung eines kleinen weißen, zahnlosen Hundes, der es liebt, allein spazieren zu gehen. Wenn man ihn denn ließe. Sobald er am Dorfausgang auf die Kinder aus dem Ferienlager trifft, fangen sie ihn ein, klemmen ihn sich unter den Arm und bringen ihn in der irrtümlichen Annahme, er habe sich verlaufen, wieder nach Haus, wo er nach kurzer Verschnaufpause zu einem neuen Versuch startet.

Es kann auch passieren, dass, während Sie Haus und Hof besichtigen, eine alte Frau auftaucht, die emsig hin- und herwetzt, Büsche beschneidet, Äste auf einen Haufen trägt, Rasen mäht oder Blumen pflanzt. Die alte Frau ist mir sehr vertraut. Ich kenne sie noch als Kind mit spillerigen Zöpfen und zerkratzten Mückenstichen an den Beinen, wie sie Entengrütze aus den Gräben holte, mit ihrem Vater Bäume anzeichnete oder für ihren Liebling, ein ungeschlachtes schwarzes Ross, Hafer aus der Futterkiste klaute. Aus jener Zeit stammt auch das Bild von zwei pflügenden Bauern in der Küche und der stockige Spiegel im Flur, vor dem sie sich damals die Zöpfe flocht.

Vor Abschluss Ihrer Besichtigung möchte ich Sie auf das Badezimmer hinweisen, in dem zwei Plüschäffchen, eingeschlossen im Doppelfenster, verzweifelt ihre Nase an die Scheibe drücken. Rechnen Sie dort nicht mit Klopapier. Ein unbekanntes Tier scheint eine Vorliebe dafür zu haben. Meine Pflegerin ist ihm auf der Spur, hat es aber noch nicht entdecken können.

Nach Ihrem Rundgang ruhen Sie sich ein wenig aus, setzen Sie sich auf die Terrasse und hören Sie mir zu, was ich Ihnen zu erzählen habe. Denn das tue ich ebenso gern wie alte Menschen.

Ich bin in jener Zeit entstanden, als man noch »Heil dir im Siegerkranz« sang oder »Der Kaiser ist ein lieber Mann, er wohnet in Berlin, und wär es nicht so weit von hier, so ging ich heut noch hin« und den Sieg über die Franzosen in der Schlacht von Sedan feierte. Man trug auf dem Land Pantinen und nur an den Feiertagen Schuhe, Frostbeulen gehörten zum Winter, die meisten im Dorf besaßen nur eine Ziege, und die gesamte Familie aß aus einem Topf. Als ich das Licht der Welt erblickte, näherte man sich mir bewundernd, sozusagen nur auf Zehenspitzen, denn ich war das prächtigste Haus im Dorf.

Meine ersten Bewohner waren ein Ehepaar, das in beschaulicher Ruhe nach dem Motto »Eile mit Weile« vor sich hin lebte, ordentliche, ruhige Leute mit einem Faible für Königshäuser, Sammeltassen, Zierdecken und Gehörne an den Wänden und dem gestickten Spruch über dem Kanapee in der guten Stube: »Wer fleißig ist in seinem Stand, den segnet Gott mit milder

Hand.« Sie gingen mit den Hühnern ins Bett und standen nach dem Motto »Morgenstund hat Gold im Mund« wieder auf, um ihren Pflichten gewissenhaft nachzugehen, die Frau in Haus und Garten, mit Strickstrumpf und Stopfgarn an den Feierabenden, der Mann in seinem Revier, das ihm als Förster unterstand. Die Kinder knicksten ehrfürchtig vor ihm, manche noch den Geschmack des gewilderten Hasen im Mund, und Beeren- und Pilzesucher ließen schuldbewusst den Kopf sinken, wenn er sie ohne Sammelschein erwischte.

Nach ihnen zog der junge Erbe des Waldes mit seiner Familie bei mir ein. Er wütete von früh bis spät, mit Beil und Handsäge bewaffnet, zwischen den Bäumen herum. Die Frau kam mit Möbeln, die für ein ganzes Dorf gereicht hätten. Was davon nicht gebraucht wurde, kam in die Scheune und musste sich von Hühnern, Enten und Gänsen bestaunen lassen. Mit diesem jungen Ehepaar kam Leben in die Bude und jede Menge Personal. Es war immer etwas los. Doch die junge Hausfrau hatte viel an mir auszusetzen. »In diesem Haus zieht's wirklich durch alle Ritzen, in diesem Haus friert man sich halb zu Tode, in diesem Haus knarrt jede Diele und jede Tür, in diesem Haus gibt's nicht mal ein Badezimmer!« Reisen war ihr höchstes Glück.

Anders der Mann. Er trennte sich nur schwer

von mir, und jedes Mal, wenn er von einer Geschäftsreise zurückkam, sagte er: »Was bin ich froh, endlich wieder zu Haus zu sein.« Ebenso die Kinder, die es in den Internaten vor Heimweh kaum aushielten.

Es war die Zeit, wo es bei mir von Menschen nur so wimmelte. Die gute Stube des Försters wurde nun Salon genannt. Es gab ein Entree und ein Esszimmer, und aus einer Schüssel aß diese Familie auch nicht. Die älteren Gäste schwärmten von der himmlischen Ruhe. Die Jüngeren unter ihnen flüsterten sich hinter vorgehaltener Hand zu: »Wie halten die das hier bloß aus in diesem Kaff?« Dabei wurde doch jetzt, ganz anders als früher, die Nacht oft zum Tage gemacht, und die Petroleumlampen brannten bis Mitternacht, so dass die Holzwürmer sich in ihrem Arbeitsrhythmus gestört fühlten und mich die langen Gespräche an lauen Sommerabenden auf der Terrasse vom Schlafen abhielten. Bei den Männern drehte es sich um Notstandsgesetze, Inflation, Holzpreise und Waldbrandgefahr, während die Frauen Themen bevorzugten, die die Verwandtschaft betrafen. Am liebsten sprach man von unglücklichen Romanzen. Wer wann wo mit wem gesehen worden und wo etwas, wie sie es nannten, im Busch war, welche Ehemänner vom Pfad der Tugend abwichen oder pleitegegangen waren. Dazu spielte das Grammophon: »Was kann der Sigismund dafür, dass er so schön ist« oder »Armer Gigolo, schöner Gigolo«. Dazwischen wuselte ein bärenhafter Hund, ein liebes Tier, aber ein Tollpatsch und Türenzerkratzer erster Güte.

Wenn es mal wieder Bindfäden regnete, so dass selbst der passionierteste Jäger keine Lust verspürte, auf die Pirsch zu gehen, und Spaziergänge im Mondschein im wahrsten Sinn des Wortes ins Wasser fielen, verbrachte man die Abende gern mit Gesellschaftsspielen, Hammer und Glocke, Rommé, Mensch-ärgere-dich-nicht oder Bridge. Gelegentlich schlug einer der häufigsten Besuche, die Tante mit dem schiefen Hals, deren geheimnisvolle Zwiesprache mit den Pflanzen tatsächlich jede im Blumentopf dahinkümmernde wieder zum Blühen brachte, vor, ob man sich nicht wieder zur Abwechslung mal mit den Geistern unterhalten wollte. Man stimmte begeistert zu und begann mit dem Glas- und Tischrücken, das jedoch meist mit großem Gelächter endete.

Und was taten inzwischen die unschuldigen Kinder in ihren Betten? Sie flüsterten sich Dinge zu, von denen die ahnungslosen Eltern nichts wussten. Wie sie die kostbaren Rennpferde in der Koppel über die Hindernisse gejagt hatten, wie sie vom Fischer dabei erwischt worden waren, als sie seine Reusen leerten, und dass Werner, die dumme Nuss, auf der Suche nach Krähennestern vom Baum gestürzt war und sich nun fürchterlich mit angeblichen Kopfschmerzen anstellte, so dass seine überängstliche Mutter schon eine Hirnhautentzündung befürchtete, wie Herrmann sich im Schutze der Dunkelheit an das Zelt der Sommerfrischler am See herangepirscht hatte, aber über das, was er da gesehen hat, einfach unmöglich sprechen konnte.

Natürlich gab es in diesen Jahren auch die familienüblichen Missgeschicke: Kinderkrankheiten jeder Art, ein Brand in der Küche durch überhitztes Fett, ein Kugelblitz, der plötzlich im Esszimmer die Gäste umschwebte, und durchgehende Pferde, die den Wagen umkippen ließen.

Die Jahre vergingen so schnell wie die Sommer. Das Grammophon wurde durch einen Volksempfänger ersetzt, der allerdings oft stumm blieb, weil man vergessen hatte, den Akku rechtzeitig aufzuladen. Und die Gespräche an den Sommerabenden auf der Terrasse wurden nur noch mit gesenkter Stimme geführt. Ich spürte es in allen Balken: das Unheil, das schneller heraufzog als ein Gewitter über dem See. Der Zweite Weltkrieg begann. Bald hatte auch ich meine Verteidigung fürs Vaterland zu leisten. Meine Fenster wurden verdunkelt, um feindlichen Flugzeugen nicht den Weg in die Reichshauptstadt zu weisen. Die Gäste blieben aus, das Reisen war zu mühselig geworden. Einige von ihnen vermisste ich besonders, wie jenen gut aussehenden Herzensbrecher, für den sich sogar die Hausfrau die Haare ondulieren ließ, wenn er auf seinem Motorrad angebraust kam und Gänse und Hühner erschreckte. Sobald er seine Hand auf meine Klinke legte, fühlte auch ich ein sanftes Kribbeln.

In das Geräusch der Dreschmaschine und der Kreissäge mischte sich nun ein tiefes, unheimliches Brummen, und in den Nächten leuchtete der Horizont, als wäre die Sonne im Begriff aufzugehen. Nun ging es wieder bei mir zu wie in einem Taubenschlag. Erst kamen die Evakuierten aus den Städten, dann die Flüchtlinge. In mir rumorte es wie die Wackersteine im Bauch des bösen Wolfes, der es auf die sieben Geißlein abgesehen hatte. Der Krieg näherte sich mit großen Schritten. Meine Familie geriet in Hektik, packte Kisten und Koffer, die sie nachts nach draußen schleppte. Zum Schluss ließ man mich allein zurück. Ein unheimlich mahlendes Geräusch ließ meine Wände vor Angst schwitzen und erschütterte meine Grundmauern. Sogar die Mäuse rannten ängstlich piepsend durch die Zimmer. Doch die Panzer zogen ab, und danach wurde es still, totenstill. Bis plötzlich wieder lärmendes Getobe ausbrach. Soldaten durchschnüffelten das Haus, durchwühlten Schränke und Zimmer und hausten wie die Wildschweine im Hafer. Ich geriet von dem heillosen Durcheinander, das sie anrichteten, in Wut. Als einer von ihnen sich draußen gegen meine Wand lehnte, kippte ich ihm das Wasser aus meiner Dachrinne ins Genick. Da riss er sein Maschinengewehr hoch und schoss mir den halben Schornstein weg, so dass der übel riechende Rauch aus der Küche, wo sie etwas Scheußliches brutzelten, mir in der Kehle stecken blieb. Doch eines Tages waren sie auf einmal wieder verschwunden. Die Nachtigall sang, als sei nichts geschehen, der Flieder duftete, und der Storch war immer noch auf der Suche nach einem geeigneten Nest.

Ich wünschte mir nichts sehnlicher, als dass meine Familie zurückkehrte, um Ordnung zu schaffen und meinen Seelenfrieden wieder herzustellen, die Hühner zu verjagen, die mit neugierigem Gegluckse im Haus herumliefen, und vor allem diese grässliche Katze, im Augenblick meine einzige Bewohnerin. Sie spielte sich wirklich mächtig auf, machte sich im Bett der Eheleute breit, wetzte ihre Krallen überall und räkelte sich in den aufgeschlitzten Kissen, wo sie etwas Ekelerregendes verzehrte. Einmal schaffte ich es, ihr mit der nur noch lose in den Angeln hängenden Haustür den Schwanz einzuklemmen, so dass sie empörte Schreie ausstieß und, nachdem sie sich freigestrampelt hatte, mit gesträubtem Fell wie ein Irrwisch durch die Zimmer tobte.

Fremde schnüffelten in den Zimmern herum und holten sich, was sie gebrauchen konnten. Eines Nachts erschien ein junger Mann. Er setzte sich auf die Treppe und brach in Tränen aus. Er schluchzte so laut, dass es selbst mir durch Keller und Dachboden ging. Sein großer Kummer erinnerte mich an die Mutter eines Jungen namens Willi, die vor vielen Jahren verzweifelt schluchzend zu meiner Familie gelaufen kam, als ihr Sohn von einem Baum erschlagen worden war. Schließlich verstummte der junge Mann und starrte lange vor sich hin. Dann holte er eine Pistole aus seinem Rucksack, setzte sie langsam an seine Schläfe und drückte ab. Zwei Tage lag er dort auf der Treppe, bis er entdeckt wurde.

An Gesellschaft blieben mir jetzt nur noch die Fledermäuse und das Käuzchen auf der Pappel im Garten, das aber mit seinem Pessimismus meine Stimmung auch nicht gerade verbesserte. So klapperten meine Fensterläden vor Erleichterung, als sich endlich wieder jemand blicken ließ und einzog, ein junges Ehepaar mit kleinen Kindern. Natürlich ging es jetzt nicht mehr so herrschaftlich zu wie früher. Aber es waren fleißige

Leute, und sie plagten sich weidlich, das Feld zu bestellen und Hof und Garten in Ordnung zu halten. Die Nacht wurde nicht mehr zum Tage gemacht, und die Holzwürmer hatten ihre Ruhe. In den Gesprächen ging es um Plan und Soll und wie und wo man sich etwas organisieren könne. Doch es gab wieder richtige Kindersommer mit Besuchen der Verwandtschaft, Obstsäften und Badevergnügen, mit Sonnenbrand und Kaulquappen im Glas, mit Abzählreimen und Hüttenbauen. Aber die Kinder wurden, wie es mir vorkam, im Handumdrehen erwachsen. Sie gründeten eigene Familien und zogen fort. Zurück blieben die Alten. Es wurde wieder ruhig im Haus. Gelegentlich tauchte jetzt zu meiner Freude jemand von der alten Familie auf, übernachtete in dem einzigen Kinderzimmer und brachte Märchenhaftes mit: Bohnenkaffee, Schokolade, gute Seife, ja sogar Apfelsinen. Die hatte es in dieser Familie noch nie gegeben. Die Frau starb, und der Mann blieb allein zurück. Er hatte sich in ein Zimmer neben der Küche zurückgezogen, stand nachts oft auf, um sich einen Tee zu kochen und hielt Selbstgespräche. Als er schließlich in ein Altersheim zog, blieb ich wieder allein zurück.

Eine schreckliche Zeit der Ungewissheit begann. Wer wollte schon so ein heruntergekommenes Haus wie mich haben, mit undichtem

Dach, herunterhängenden Tapeten, Verwahrlosung, wohin man kuckte, mit verquollenen Fensterläden, die Stufen zum Eingang zerbröckelt, der Efeu erfroren, Scheune und Ställe leer und nur in den Ecken mit Gerümpel gefüllt! Statt Hühnern und Schafen gab es diese verdammte Katze, die jetzt im Hühnerstall mit ihren Jungen lebte. Der Garten verunkrautete, das Gras zwischen den Steinen wucherte, kein Leben mehr in den Zimmern. Nicht einmal die Mäuse zeigten sich interessiert. Sogar Fliegen gab es nur noch in totem Zustand auf den Fensterbrettern. Dazu kamen zwei lange, regenreiche Winter, die die Feuchtigkeit an den Wänden noch höher klettern ließen. Ein trauriges Dasein für ein anständiges Haus. Ich dachte jetzt öfter an den jungen Mann, der sich das Leben genommen hatte. Aber wie sollte ich mich umbringen? Ich war schließlich solide gebaut und dadurch zäher als die zäheste Katze.

Im Frühjahr kam dann endlich die Rettung. Es erschien die alte Frau mit Schwester und Kindern im Schlepptau. Sie tat, als hätte sie eine Goldmine entdeckt. Doch weder die Kinder noch die Schwester konnten ihre große Begeisterung teilen. Die Schwester war mir auch noch gut im Gedächtnis, ein quengeliges Mamakind, dem man es nie recht machen konnte. Nun nölte sie in bekannter Weise herum, in was für einem bedauernswerten Zustand ich sei, was das alles kosten werde und wer hier eigentlich später wohnen solle. Auch die Kinder der alten Frau konnten sich für den Gedanken, endlich ein eigenes Haus zu besitzen, nicht recht erwärmen. Und wenn schon eins, nicht gerade in dieser Gegend, wo sich Fuchs und Hase Gute Nacht sagten, Heimat hin, Heimat her, auch wenn die Mutter noch so sehr davon schwärmte. Die Zimmer waren viel zu klein, zu verwinkelt, zu niedrig. Wenn man durch eine Tür ging, musste man ja den Kopf einziehen! Und nicht der kleinste Komfort. Dass es so was überhaupt noch gab, hatten sie nicht für möglich gehalten. Dieses winzige Dorf und die Straße in einem Zustand – eine Todesfalle für jedes Auto. Als sie mich verließen, redeten sie immer noch beschwörend auf die Mutter ein, und ich wusste, das war mein Ende. Resigniert ließ ich ein paar Dachziegel fallen. Es war nur noch eine Frage der Zeit, dass man kurzen Prozess mit mir machen und die Abreißbirne auf mich loslassen würde.

Ich sollte mich irren. Das Gegenteil war der Fall. Es gab einen Neuanfang. Handwerker wuselten durch die Räume, es wimmelte von jungen Leuten, die mir mit ihren Radios die Ohren volljaulten, aber überall dort halfen, wo Not am Mann war, und die Drecksarbeit leisteten.

Das Resultat konnte sich sehen lassen. Es gab jetzt sogar zwei Badezimmer und eine Wasserleitung.

Und dann war die Bahn frei für das Geschöpf mit der Taucherbrille. Es rückte mir energisch auf die Pelle. In Gesellschaft ihres kleinen weißen Hundes machte sie sich über die Zimmer her. Tagaus, tagein pusselte sie an mir herum. Sie füllte das Haus mit Möbeln, nähte Gardinen, ließ einen ihrer Fingernägel so lang wachsen, bis sie ihn als Schraubenzieher benutzen konnte, und keifte mit den anderen herum, wenn sie zu sorglos mit mir umgingen. Ich blühte auf. Nur ihr vieles Rauchen ging mir ein wenig auf den Pütz.

Ich könnte jetzt also sehr zufrieden sein, wenn nicht die langen Wintermonate wären, in denen sie mich allein lassen, so dass ich vor lauter Trübsinn zu schimmeln anfange. Aber in letzter Zeit gibt es wieder Hoffnung. Meine Altenpflegerin lässt sich jetzt häufiger blicken. Ich bilde mir ein, dieses nöckartige Wesen hat mich mehr und mehr in ihr Herz geschlossen. Sie kommt, egal, wie das Wetter ist, und das Röhren des uralten Autos höre ich, ebenso wie früher das Schnauben der Pferde, lange bevor sie in den Hof einbiegt. Sie hält sich am liebsten in meinen vier Wänden auf. Selbst bei schönem Wetter verlässt sie mich so gut wie nie. Wahrscheinlich

besitzt sie als Einzige die Gabe, die vergange-
nen Stimmen zu hören, die sich in den Wänden
eingenistet haben und mir ihre Geschichten erzählen. Das ist ihr Unterhaltung genug. Neben
ihr auf dem Sofa liegt der kleine weiße Hund.
Seine mageren Pfoten zucken leise im Schlaf. Er
ist schon recht gebrechlich. Sacht lasse ich etwas Putz in sein Fell rieseln und flüstere ihm
zu: »Bleibt hier. Jeder Hund ist Löwe in seinem
Haus.«

14 Das Zauberwort

Der Herbst ist auch nicht mehr das, was er einmal war. Kein weiter Himmel mit von der Sonne angestrahlten, majestätisch dahinsegelnden Wolkengebilden und leuchtendem Laub, stattdessen Regen, Regen, Regen, der den Keller wie seit hundert Jahren unter Wasser setzt, die Praxis des Dorfarztes füllt und die Kühe auf den Koppeln traurig vor sich hinglotzen lässt, darunter auch neuerdings ein zwei Tage altes Kälbchen eines Öko-Bauern, bei dem die Kühe auf der Koppel kalben. Dem Großvater, auf seinem Spaziergang durch die Marsch, tut das Kälbchen leid, das da platt wie ein nasser, schwarzweiß gemusterter Kopfkissenbezug im Gras liegt. Doch das Wundern über solch neumodischen Kram hat er sich längst abgewöhnt. Man soll ja jetzt sogar schon Babys ins Wasser werfen, wo sie angeblich gleich munter davonschwimmen.

So gehen die Tage dahin mit Gelassenheit, aber ein wenig langweilig. Die Jahresreise haben die Großeltern hinter sich, und mit jedem Jahr liegt das anvisierte Ziel näher. Lange Flüge traut man sich nicht mehr zu. Die neuen Bundesländer tun es auch, da gibt es viel zu entdecken und sich zu erinnern. Nur regnen tut es dort ebenso häufig.

Im Haupthaus verläuft ein Tag so ziemlich wie der andere. Auch das Gespräch am Frühstückstisch: »Haben wir Post?« – »Was planst du für den Vormittag?« – »Was gibt es zu essen?« Zum Ärger der Großmutter, die noch mit Passion Briefe schreibt, lässt man sich mit den Antworten viel Zeit und reagiert, wenn überhaupt, erst Monate später auf Geburtstags- und Weihnachtsgeschenke. Das Zauberwort, mit dem sie aufgewachsen ist, scheint verloren gegangen zu sein.

Sie muss unbedingt zum Friseur, der Großvater zur Bank. Ja, er wird auch den Fisch besorgen, den es heute Mittag geben soll. Außerdem muss er mit dem Hund zum Tierarzt, dem kleinen Liebling gehen die Haare aus. Der Hund sorgt für den lebensnotwendigen Ärger. Er kneift gern aus, gehorcht so gut wie überhaupt nicht oder nur, wenn ihm danach ist, und bekurt die wieder einmal läufige Dackeldame der Enkelkinder, die mit ihren Eltern in der umgebauten Scheune wohnen. Niemals wird der Großvater zugeben, dass dieses Tier keinen Appell hat. Aber seine Jagdprüfung hat er mit Bravour bestanden. Kein Wasser ist ihm zu tief und kein Keiler zu grimmig, wenn es ihn denn gäbe. Dass der Hund vor dem Staubsauger, dem Rasierapparat und einem aufgespannten Regenschirm in Panik gerät, steht auf einem ganz anderen Blatt.

Wenn man dann von seinen vielen Aktivitäten recht erschöpft – Staus, Schlangen an der Kasse, Warten beim Friseur, beim Tierarzt, und auch der Bankberater ließ sich Zeit – zurückgekehrt ist, begutachtet man den gekauften Fisch mit der »Seele des Hauses«. Sie gehört seit vierzig Jahren dazu und hat ihre Rechte. Eins davon ist, sich nicht reinreden zu lassen, wenn sie kocht. Ihre besondere Spezialität ist Rehrücken, der, wie die Gäste betonen, in seiner Köstlichkeit in keinem Fünf-Sterne-Hotel zu haben ist. Auch nicht der Fisch, gekocht oder gebraten. Diesen hier befindet sie nach eingehender Musterung für gut, und der Großvater ist erleichtert. Sie hat die Großeltern und den von ihr gefütterten Hund fest im Griff. Im Haus kennt sie sich aus, als wäre sie dort geboren. Was immer verloren scheint, sie findet es, und, wie es sich für Verlorenes gehört, an den unmöglichsten Stellen: den Autoschlüssel in der Bettritze, das Armband in der Küchenschürze, die Brieftasche im Papierkorb. Verstimmungen gibt es über die verschiedenen Auffassungen von Pünktlichkeit. Jedes Mal, wenn das Essen auf dem Tisch steht, ist der Hausherr verschwunden. Kaum ist er am Platze, zieht es die Hausfrau zum Telefon. Doch heute folgt man dem Ruf der Seele des Hauses auf der Stelle. Der Fisch schmeckt vorzüglich, nur die Kartoffeln sind wie immer knapp. Niemand weiß den Grund, sie bleiben knapp und damit basta. Trotz der Pünktlichkeit herrscht dicke Luft in der Küche. Der Hausherr hat wieder Falläpfel herangeschleppt, aus eigener Ernte, ungespritzt, wenn auch recht klein. Er rühmt sich sehr, dass er sie aufgehoben hat. Aber die Verwertung ist nicht Männersache.

Zusammen ergeben alle drei weit über zweihundert Jahre, und so ist es mit dem Gehör nicht mehr zum Besten bestellt und die Unterhaltung laut. Die Seele des Hauses findet, es gibt hier viel zu tadeln. Nie ist der Kühlschrank richtig zu, und es tropft, die Ordnung in der Gefriertruhe ist für die Katz, weil der Großvater ungeduldig darin herumwühlt, und die Großmutter, mit der sie noch zusammen zur Schule gegangen ist, hat im Alter den Wäschetick. Schon wieder läuft die Waschmaschine, und wo bitteschön soll sie bei dem Wetter mit der Wäsche bleiben? Mehr als arbeiten kann sie nicht, und sie hat auch nur zwei Hände.

Am nächsten Tag gibt es deshalb Resteverwertung. Der Großvater sinnt, über den Teller mit Nudeln gebeugt.

»Nun, er wird schon wieder steigen«, sagt die Großmutter beruhigend, »der Euro.«

»Wie kommst du auf den Euro?« Der Großvater ist verdutzt. »Ich überlege gerade, was wir zum Abendbrot essen könnten.«

Zum Tee erscheint die geliebte Enkeltochter, um von ihrer Party zu berichten. Sie wird am Sonnabend stattfinden, und nun dieses Wetter! Es ist zum Mäusemelken. Sie kuckt ganz unglücklich und wird von den Großeltern getröstet. Aber man hat einen Gesprächsstoff, selbstverständlich interessiert die Party auch die Großeltern sehr. Allein die Planung Wochen davor! Es gab so viel zu bedenken, das Essen, die Getränke, ein Diskjockey sollte es möglichst sein, das bringt Schwung in die Sache. Zu Zeiten der Großeltern gab es so was nicht. Schon Grammophonnadeln waren im Krieg äußerst knapp und die Schallplatten oft reichlich zerkratzt. Man tanzte nach Schmachtendem, nach Tango, Polka, Walzer und, wenn irgend möglich, dem verbotenen Lambethwalk.

Einladungskarten sind entworfen worden, die Meinungen über guten Geschmack waren nur schwer unter einen Hut zu kriegen. Nach langem Hin und Her entschied man sich für leicht bekleidete Loriot-Figuren, denen man die Köpfe der Gastgeber, der beiden Enkelkinder, verpasste. Die Liste der Einzuladenden wurde lang und länger. Bei achtzig legte die Mutter ein Veto ein. Man einigte sich schließlich auf fünfundachtzig.

Nachdem die Einladungen losgeschickt waren, hatte man das Ganze erst mal ad acta gelegt. Es war ja noch so viel Zeit, fast acht Wochen. Die Gäste sagten zu, sagten ab, die Absager sagten wieder zu, Wochen ging es hin und her. Doch die Gastgeber, die Enkelkinder, hatten die Ruhe weg. So was gehört eben dazu. Man muss flexibel sein. Die Erste, die nervös wurde, war die Mutter – »Es ist eure Party, ich sage ja nichts. Aber ich würde an eurer Stelle nun mal langsam mit den Vorbereitungen anfangen.«

Der Enkelsohn hatte in großer Ruhe seinen Koffer für das Internat gepackt. Immer diese Hektik! Er wusste die Vorbereitungen in den Händen seiner Schwester gut aufgehoben.

Aber nun bricht die Hektik wirklich aus. Keine Zeit mehr für Big Brother und ähnlichen Unfug. Und auch Großvaters Spruch »Immer mit der Ruhe und dann mit'm Ruck« ist jetzt nicht mehr angebracht. Dafür bewundern die Großeltern reichlich den neuen Rock der Enkeltochter, denn darin sind sie sich völlig einig: Mit ihren Enkeltöchtern können andere Mädchen nicht konkurrieren. Trotzdem sind sie ein wenig besorgt über die Zeitknappheit und die noch anstehende Arbeit. Aber das Kind zeigt keinerlei Nervosität. »Keine Bange, das schaffen wir schon. Nur Mami ist mal wieder echt nervig und macht Stress.«

»Das soll sie wohl«, sagt die Großmutter, rührt in der Kaffeetasse und sieht versonnen nach draußen, wo es geradezu schüttet.

Die Haustür klappt, die Schwiegertochter kommt hereingehetzt. »Habt ihr noch 'ne Tasse Tee?« Und zu ihrer Tochter gewandt: »Dass du hier noch so ruhig sitzen kannst, ist mir ein Rätsel. Aber ich sag ja nichts, es ist eure Party. Ihr müsst selber sehen.«

»Tun wir auch«, sagt das Kind und verschwindet.

Die Schwiegertochter rollt mit den Augen. »Ich sage euch, es wird ein Fiasko geben.« Und dann zählt sie auf, was noch alles zu tun ist: Die Scheune muss ausgeräumt, die Pferde müssen ausquartiert und der Pferdestall muss einigermaßen hergerichtet werden, damit man dort essen kann. »Und das«, sagt sie, »ist nur ein Bruchteil von dem, was uns noch erwartet.« Sie verabschiedet sich wie ein ins Feld ziehender Krieger.

Der Großvater ist voller Mitleid, so dass die Großmutter einen günstigen Moment sieht, ihm etwas beizubringen, von dem er, wie sie weiß, nicht begeistert sein wird: »Die Mädchen werden im Haupthaus schlafen.«

Prompt verschluckt sich der Großvater an dem Stück Apfelkuchen, dessen Boden mal wieder viel zu dick ist. Der junge Bäcker kriegt das einfach nicht hin. »Vierzig Mädchen? Wo willst du die denn alle unterbringen?«

»Ganz einfach«, sagt die Großmutter, von zarter Statur, aber mit eisernem Willen. »Wir räumen die Zimmer aus.«

Die vor zwei Tagen angereiste Freundin der Großeltern, kinderlos, aber bis zum Hals mit Weisheiten über Kindererziehung gespickt, mischt sich ein. »Mit dem Hausschlüssel, da müsst ihr euch aber etwas einfallen lassen.«

Während die Großeltern ins Grübeln kommen, wie man das regeln könnte, wenn vierzig Mädchen ständig hin- und herwandern, erinnert sich die Freundin, wie das hier mal vor fünfzig Jahren ausgesehen hat, als es von Flüchtlingen wimmelte. Jedes der Zimmer beherbergte eine Familie, und in den Fluren stapelten sich Kisten und Koffer, denn es hatte sich schnell unter den Vertriebenen herumgesprochen, dass hier noch die Devise galt: Des Hauses Ehr ist Gastlichkeit. Zunächst kam das Haus bei diesem Ansturm fast aus dem Tritt, und auf das Zauberwort konnten die Gastgeber lange warten: Sicherungen brannten ständig durch und wurden, da es keine neuen gab, fachmännisch mit Draht geflickt, was die Gefahr eines Brandes in bedenkliche Nähe rückte. Tischchen aus der Rokokozeit zierten jetzt nicht mehr Nippes, sondern kaum zu entfernende Ringe – »Irgendwo muss man ja schließlich seinen Kochtopf absetzen!« –, Kachelöfen, voll gestopft mit grünem Holz, produzierten nur noch Rauch und wenig Wärme, und das einzige Klo fror im Winter prompt ein, Nachttöpfe jedoch waren Mangelware und die noch vorhandenen zweckentfremdet. Man benutzte sie für eingelegte Gurken, die ja auch sehr wichtig waren. Glücklicherweise gab es ja noch den Garten und den Park, mit denen zumindest die Herren vorlieb nehmen mussten. Mancher Historiker sollte vielleicht einmal darüber nachdenken, wie viele schwerwiegende Fehlentscheidungen wegen dieses Mangels getroffen wurden, und mit der alten Generation mehr Nachsicht zeigen. Heute ist es im ganzen Haus mollig warm, und Badezimmer gibt es auch ausreichend. Dafür hat der Großvater als Erstes gesorgt, als man endlich Schritt für Schritt so langsam wieder Boden unter die Füße bekam. Er kann ein Lied davon singen, wie es einem Flüchtling so geht und was man strampeln muss, um bei den Nachbarn etwas zu gelten. Denn nichts ist schöner, als auf andere runterzukucken.

Dass ihre Gäste im Haupthaus schlafen dürfen, findet die Enkeltochter tierisch nett. Sie kennt das Zauberwort und kommt mit einem Blumenstrauß. Opi und Omi sind fast so süß wie der alte Hund, der im vorigen Jahr gestorben ist, nur Gott sei Dank nicht ganz so hinfällig. Jeden Tag ist sie rübergekommen, um ihn zu knuddeln, so dass es nur so aus seinem stark gelichteten Fell staubte und seine mageren Rippen bei seinem erfreuten Hecheln in Bewegung kamen. Sehen konnte er fast nichts mehr, jedenfalls stieß er dauernd überall an. Sein Geruchssinn war stumpf geworden und schon die winzige Treppe zum Haus eine Last. Auch mit dem Gehör war es schlecht bestellt, es sei denn, man sprach das Wort »Keksi« vor sich hin. Augenblicklich kehrte das Leben zurück. Die Großeltern denken oft mit Rührung daran, dass das Kind es sich nicht nehmen ließ, dabei zu sein, als man ihn im Garten an einem milden, schönen Herbsttag unter einer alten Eiche mit einer Spritze einschläferte. Manchmal kommt ihnen der Gedanke, dass er einen friedlicheren, schöneren Tod gehabt hat, als er ihnen vielleicht bevorsteht. Und das Wort »Abstellkammer« geistert durch ihren Kopf, das man so oft in der Zeitung liest: »Alte Frau tot in Abstellkammer gefunden.«

Die Freundin der Großeltern inspiziert nun ihrerseits den Ort des zukünftigen Geschehens und gibt der Schwiegertochter Recht. Es herrscht tatsächlich keineswegs reges Treiben. Nur die jüngere Schwester, die später einmal Designerin oder so was Ähnliches werden will und schon jetzt, wie der Großvater findet, eine Beauté ist, malt, die Haare in etwas Buntem versteckt, die Füße in klobigen, hochhackigen Stiefeln zum knöchellangen engen Rock, mit einem Pinsel, dessen Größe in krassem Widerspruch zu der Fläche und dem Eimer Farbe steht, mit rhythmischen Bewegungen bei lauter Musik in einer Ecke des Pferdestalls fleißig vor sich hin. Glücklicherweise gibt es auf dem Hof den Mann mit den goldenen Händen, der rechtzeitig einspringt, das Kommando übernimmt und System in das Ganze bringt. »Ach, wenn wir Sie nicht hätten!« Und schon geht es zu wie bei den Heinzelmännchen, nämlich fix. Der bereits gelieferte Tanzboden wird in den nach dem Umbau übrig gebliebenen Rest der Scheune gelegt, die Wände des Pferdestalls blitzschnell noch einmal geweißt und mit den zahllosen Turnierschleifen der beiden Mädchen geschmückt, Tische aufgestellt und Schnüre aus bunten Glühbirnen gezogen. Ein Gasofen sorgt für die nötige Wärme und die roten und gelben Plastikdecken auf den Tischen für Farbe. Selbst gebastelte Kerzenhalter werden aufgestellt. Nun betritt auch der zweite Gastgeber die Bühne. Er ist gerade aus dem Internat eingetroffen und mustert alles wohlwollend. »Nicht schlecht.«

Danach murmelt er etwas von »den Großeltern Guten Tag sagen« und verschwindet für eine Ewigkeit im Haupthaus, bis ihn die Mutter zur Arbeit scheucht. »Du sitzt hier und trinkst Tee, anstatt die Zimmer auszuräumen! – Ich sag ja nichts, es ist eure Party.«

Aber irgendwann ist alles vorbereitet, Essen und Trinken bestellt, nun können die Gäste kommen. Das tun sie auch, nur zwei Stunden später als vorgesehen und dass es jetzt statt achtzig über hundert sind, was den aus dem Ort bestellten Koch und die Hausfrau nicht gerade fröhlich stimmt. Den Vater packt geradezu Entsetzen. Er hatte sowieso vor, sich zu drücken. Das Schlafzimmer musste er auch noch räumen und die Nacht wieder im Elternhaus in seinem früheren Kinderzimmer zubringen. »Ist man denn nicht mal mehr Herr im eigenen Haus? Eine Zumutung so was. Und außerdem gibt es gerade jetzt beruflich viel Stress.« Hat doch der Vater, wie für Mittelständler heute warm empfohlen, zwei Berufe. Aber diesmal kommt er mit seinem Jammern nicht durch, da ist die Hausfrau gnadenlos. Bei so viel jungem Volk gehört eine Autorität ins Haus. Es ist einem ja schon so viel Unerfreuliches zu Ohren gekommen, von der Kuh im Swimmingpool will man erst gar nicht reden. Es geht dann eben leicht über Tische und Bänke. Ausgenommen die eigenen Kinder. Die wissen noch, was sich gehört.

Doch alle diese kleinen Querelen werden aufgewogen durch das Wetter. Die Sonne hat den ganzen Tag geschienen, hat die Pfützen ausgetrocknet und ist jetzt den Sternen gewichen, die gemeinsam mit einem beleibten Mond herunterfunkeln. Dazu ist es fast windstill und für Herbst noch sehr warm. Im Handumdrehen ist der Hof mit Autos vollgestellt, kreuz und quer, anstatt vernünftig eingeparkt, genauso, wie sich das der Großvater gedacht hat. Sein Hund wird vorsorglich eingesperrt. Er kommt in das Kabuff neben dem Schlafzimmer. Der kleine Liebling ist außer sich. Warum darf er nicht wie sonst im Flur in seinem Körbchen schlafen? Was hat er Schlimmes angestellt? Er hat es sich weder auf dem zweihundert Jahre alten, gerade neu bezogenen Lehnstuhl bequem gemacht, noch ist er in die Speisekammer geschlichen oder hat sich das Steak vom Küchentisch geholt. Vielleicht ist die geschossene Ente schuld, die er nicht aus dem Wasser holen wollte. Aber das Wasser war wirklich sehr kalt. Ergeben, ganz Opfer, lässt er alles über sich ergehen, doch als ihm der Großvater verlockend einen seiner Lieblingskekse unter die Nase hält, dreht er den Kopf weg. Nicht mit ihm, das hat er nun wirklich nicht nötig.

Die Mädchenschar begrüßt sich mit kleinen Entzückensrufen: »Hallo, du auch hier, ist ja cool!« Die Freundin der Großeltern, die sich höflich beiseite drückt, stellt fest, dass sie sich in der Kleidung kaum unterscheiden. Sie tragen fast alle dasselbe, Jeans, Pullover, um den Hals einen dicken Schal gewürgt, kleine Perlohrringe und Pferdeschwanz. Ihr fällt ein, dass es in ihrer Jugendzeit ähnlich war. Da war es eine Zeitlang schick gewesen, den V-Ausschnitt der Pullover auf dem Rücken zu tragen.

Zwitschernden Schwalben ähnlich, aber mit Blei an den Füßen, wuchten sie die Treppe hinauf und ergießen sich in die Zimmer, die sie im Handumdrehen in ein Chaos aus Kleidungsstücken, Kosmetika, Haarbürsten und Schuhen verwandeln. Uberall riecht es nach leicht verschwitzten Mädchenkörpern, Parfüms und Nagellack. Immerhin, das Resultat des Umziehens kann sich sehen lassen. Der Großvater nimmt es mit Wohlwollen zur Kenntnis, zieht sich aber bald vor so viel quirliger Jugendlichkeit ins Schlafzimmer zurück. Dann öffnet er die Tür zum Kabuff, um mit einem gnädigen »Na, komm schon« dem Hund den Eintritt in ein sonst verbotenes Reich zu gewähren. Der Hund denkt nicht daran. Er blinzelt nur ein bisschen und rührt sich nicht. »Na, denn eben nicht, du dummes Tier.« Der Großvater ist wie immer schnell beleidigt, wenn der kleine Liebling seine eigene Meinung hat und ihm jetzt nicht voller Dankbarkeit die Hände leckt. Er knallt die Tür zu.

Die Großmutter, die inzwischen auch geflüchtet ist, zuckt zusammen. »Kann man denn in diesem Haus nicht einmal eine Tür leise zumachen?« Eine oft gestellte Frage, die grundsätzlich überhört wird.

»Ich geh jetzt in den Keller und hol uns was Anständiges zu trinken«, sagt der Großvater entschlossen. »Was gibt es denn im Fernsehen?«

Die Großmutter greift nach dem Programmheft. »Natürlich mal wieder nichts.«

Aber inzwischen hat sich das Haus geleert, man kann den Gang ins Wohnzimmer wagen, ohne mit einem Dutzend fremder Menschen zusammenzuprallen. Dort macht man es sich dann gemütlich. Der Wein ist wirklich gut.

»Ich sollte noch ein paar Flaschen davon bestellen«, sagt der Großvater und will die Freundin des Hauses überreden, auch ein Gläschen davon zu trinken. »Ein kleiner Schluck, das kann doch nicht schaden.«

Auch diese Feststellung gehört dazu wie die Maus in der Ecke, die unbekümmert hinter der Scheuerleiste vor sich hin nagt. Aber die Freundin dankt. Eine zu langweilige Person.

Zuerst plaudert man ein wenig über das Alltagsgeschehen, dass die gestern auf dem Markt gekauften Kartoffeln nichts taugen und was man im Lokalblättchen, über dessen Niveau man die Nase rümpft, wonach aber jeder als Erstes greift, so gelesen hat. Die Interessen sind da sehr verschieden. Der Großvater möchte wissen, wer diesmal im Dorf Bürgermeister wird, die Großmutter entsetzt sich darüber, wer im letzten Monat alles gestorben ist, und nun auch noch der Besitzer der kleinen Imbissbude. »Vor ein paar Tagen konntest du ihn noch durchs Dorf laufen sehen, und jetzt … Und das mit knapp sechzig!«

»Mit sechzig ächzt sich's, mit siebzig gibt sich's, und mit achtzig macht sich's«, sagt die Freundin tröstend. »Wusstet ihr, dass es jährlich ebenso viele Tote durch Sodbrennen gibt wie durch Verkehrsunfälle?«

Nein, das wussten ihre Freunde nun wirklich nicht, und es ist auch schwer zu glauben. »Sodbrennen. Ich bitte dich.«

Der Großvater zieht die Uhr. Jetzt werden sie wohl drüben längst beim Tanzen sein. Und schon ist man wieder bei den Erinnerungen, wie das so nach dem Kriege war, als man auf dem von einem Trecker gezogenen Milchwagen, um die guten Nylons fürchtend, eingeklemmt zwischen Milchkannen, dem Fest entgegentuckerte. Zum wiederholten Male blättert man in den alten Alben, die noch von früher und aus der

Anfangszeit des Krieges stammen. Die Freundin stellt fest: »Mein Gott, was waren wir dick.«

»Kein Wunder, bei dem vielen Pamps.«

Die Jungen, meist in Uniform, mit einem bestimmten Knick in den Offiziersmützen, der als schick galt, blicken aus ihren noch ungeformten Gesichtern mit gesammeltem Ernst dem Betrachter entgegen. Nur wenige von ihnen sind wieder einigermaßen heil nach Haus gekommen.

»Wisst ihr was? Wir gehen jetzt rüber und sehen uns den Zauber mal an.« Sie machen sich auf den Weg. Die Tür des Haupthauses ist natürlich nicht verschlossen, wie es sein sollte, und auf dem Hof ist Vorsicht geboten, um nicht über die Dackel zu fallen, die ratlos herumirren. In der Scheune ist wahrlich was los. Die Schlipse der Jungen hängen schon auf Halbmast, aber sie zeigen sich ausnahmsweise als fleißige Tänzer. Es ist so ein Gewoge, dass sie sich in die Küche der Schwiegertochter retten. Dort steht der tüchtige Sohn mit den zwei Berufen und macht Küchendienst. Gemeinsam mit einer weiteren Perle des Hofes, vor der die Kinder mehr Respekt als vor ihrer Mutter haben und ohne die die Wäscheberge nicht zu bewältigen wären, spült er unermüdlich Gläser. Aber die Musik ist doch ein wenig zu laut und die Masse Mensch zu lärmend, und so kehren die Alten wieder in die eigenen vier Wände zurück. Trotz unverschlossener Haustür beschließen sie, ins Bett zu gehen.

Am nächsten Tag ist wieder das schönste Wetter. Die Freundin der Großeltern macht einen Rundgang über den Hof. Es ist friedlich und still, die Glocken läuten den Sonntag ein. Sie zwängt sich durch die Autos hindurch, aus denen hin und wieder lautes Schnarchen dringt. Nur das Eichhörnchen ist zu sehen. Es sitzt auf einem Mercedes und wirkt völlig verzweifelt. Seit Tagen schon rennt es zwischen dem Walnussbaum und dem Ort, an dem es seine Vorräte aufzubewahren pflegt, hin und her. Denn Nüsse gibt es dieses Jahr in ungeahnten Mengen. Es müsste fast schon Schwielen an seinen kleinen Pfoten haben. Und jetzt diese vielen Ungeheuer! Wollen die etwa alle an seine Nüsse?

Das Katerfrühstück dehnt sich bis weit in den Mittag aus. Schließlich ist man erst um sechs schlafen gegangen. Doch dann leert sich der Hof, Ruhe tritt ein, sehr zur Erleichterung des Eichhörnchens, das eifrig wieder mit seinen Nüssen hin- und herflitzt. Großeltern, Freundin, Kinder und Enkelkinder finden sich zur Manöverkritik zusammen. Resultat: Alles in allem sehr gelungen, aber einiges gibt es doch zu beanstanden. Der Sohn, der, wie sich die

Großeltern entsinnen, auch recht flott im Feiern war, findet, dass zu viel getrunken worden ist. Und überhaupt, gutes Benehmen sei wohl heute ein Fremdwort. So ein Lümmel habe den Kopf in die Küche gestreckt und gefragt, wo der Sekt bleibt. Ein anderer dagegen habe in die Puppenstube gekotzt. Sogar die sonst so tolerante Schwiegertochter wirkt leicht vergrätzt. Einige haben sich nicht einmal vorgestellt, sie schlichtweg übersehen, ja sich nicht einmal verabschiedet, ganz zu schweigen von dem mal wieder vergessenen Zauberwort. Das hatte sie sich doch ein bisschen anders vorgestellt. Auch mal tanzen hätte jemand mit ihr können. Das wäre wohl doch mit Anfang vierzig noch gestattet. Dieser Jugendwahn heutzutage, da konnte man doch wirklich nur den Kopf schütteln. Neulich will ein Ehepaar ihres Alters, das sich in einer Diskothek blicken ließ, gehört haben, wie jemand hinter ihnen sagte: »Nun seht euch das an! Jetzt kommen sie schon zum Sterben hierher.«

Die Großeltern hüllen sich in diskretes Schweigen. Kritik ihrerseits löst leicht Verstimmung aus, obwohl die Großmutter sich über den Zustand der Badezimmer geärgert hat, die so aussahen, als befände man sich auf dem Klo in einem Interregio. Die Freundin des Hauses spricht es ungerührt aus: »Manche denken wohl, hinter jedem Stuhl steht ein Diener«, und fügt hinzu: »Aber dem hätte man so was nicht zumuten dürfen, der hätte gleich gekündigt.«

Über die nicht abgeschlossene Haustür wird erst gar nicht geredet. Es ist ja nichts passiert. Die Gastgeberin, das süße Enkelkind, ist betrübt und muss getröstet werden. »Wir meinen es doch nicht so.«

Der Gastgeber ist längst wieder im Internat. Fast eine Woche sind beide Schwestern und Mutter mit Aufräumen beschäftigt. Dafür gibt es sehr schnell jede Menge Briefe. Sie sind voller Lobeshymnen. Das Fest war außerirdisch, tierisch, unvergleichlich, toll, gut und total super. Die Freundin der Großeltern erinnert sich beim Lesen an ähnliche Briefe aus ihrer Jugend, wenn auch in andere Worte gekleidet wie »pfundig«, »prima« und »bombig«, was eigentlich, wie sie jetzt denkt, ein ziemlich makabrer Begriff war. Vergessen sind die kleinen Ärgernisse, nach so vielen reizenden Entschuldigungen für Kaputtgegangenes, für unangebrachten Lärm und Rauchen dort, wo es ausdrücklich untersagt worden war, und auch das peinliche Malheur in der Puppenstube. Milde breitet sich aus. Von dieser Generation ist viel Positives zu erwarten.

Die Großeltern beschließen, den schönen

Herbsttag zum Anlass zu nehmen, ihren zweiten Sohn zu besuchen, der nicht allzu weit entfernt wohnt. Er hat zwei kleine Töchter. Sie ler-
nen jetzt schon das Zauberwort. »Wie heißt das
Zauberwort?«

»Danke.« Man übt schon fleißig.

15 Der unvergessliche Hannibal

Möpschen wälzte sich gerade genüsslich im Garten in dem von uns mühsam zusammengeharkten Laub, und Vater erklärte uns, warum uns nach dem herrlichen Sommer nun ein so schöner Herbst mit besonders buntem Laub beschert wurde: Durch die viele Sonne hätten die Bäume besonders viel Zucker produziert, und daher leuchteten die Blätter jetzt so intensiv. Danach wollte er von uns wissen, wieso das Laub sich überhaupt verfärbte. Glücklicherweise blieb uns eine Antwort erspart, denn Mutter erschien und sagte mit derselben feierlichen Stimme, mit der das Mädchen das angerichtete Diner anzukündigen pflegte: »Herr Ruhnke hat sich angesagt!«

»Oh«, sagte Vater.

Mutter tat einen abgrundtiefen Seufzer. »Und ich hatte mir gerade vorgenommen, nach Berlin zu fahren.«

»So viele Neuigkeiten auf einmal«, sagte Vater. »Erst Herr Ruhnke und dann du nach Berlin. Von diesem Plan weiß ich ja noch gar nichts.«

»Nun weißt du es.« Mutter dachte gar nicht daran, sich mit Erklärungen aufzuhalten. Sie war ganz mit Herrn Ruhnke beschäftigt, den wir Onkel nennen durften und der eine sehr wichtige Person für Vater war. »Ach, es ist zu ärgerlich. Immer kommt einem was dazwischen.«

»Nun, wir müssen alle Opfer bringen«, sagte Vater. »Dafür klingelt's dann aber ordentlich in der Kasse.«

»Bei dir vielleicht. Ich hab davon noch nicht viel gemerkt. Wir haben im Haus nur die Arbeit, und Mamsell hat das Vergnügen, sich mit diesem altersschwachen Herd rumzuplagen, damit der Herr an unserem Essen nichts auszusetzen hat.«

»Er ist eben ein Feinschmecker.« Vater legte ihr begütigend die Hand auf die Schulter. »Aber wie ich Mamsell kenne, wird es ihr meisterhaft gelingen, ihn zufrieden zu stellen.«

Doch Mutter war anzumerken, dass sie nicht beruhigt werden wollte, und so verzog er sich mit dem Hinweis, er müsse dringend nach dem Fernglas suchen, das mal wieder nicht an seinem Platz hänge.

»Wahrscheinlich weggeschleppt von dem berühmten Irgendjemand«, sagte Mutter spöttisch. Das Fernglas stammte noch vom Urgroßvater, und jedes normale Auge konnte schärfer sehen. Aber Vater behauptete, er könne damit noch auf fünfzig Meter Entfernung einen Zaunkönig entdecken.

Kaum war Vater gegangen, nahm sich Mutter meinen Bruder vor. »Kind, wie sehen deine Haare aus. Die muss ich unbedingt noch schneiden lassen.«

Er fasste sich unwillkürlich an den Kopf. »Warum das denn?«

»Weil ich keine Lust habe, mir das stundenlange Gedröhne von Herrn Ruhnke anzuhören, wie der Haarschnitt eines deutschen Jungen auszusehen hat.«

»Aber auf keinen Fall in Ferchesar!«, sagte mein Bruder beschwörend. Der Dorffriseur konnte nur den Topfschnitt und befeuchtete die Haare, indem er einen Schluck Wasser nahm und ihn über den Kopf des Kunden sprühte.

Wir mochten Onkel Otto, vor dem Mutter sich so grauste, ganz gern. Er brachte uns immer schöne Sachen mit, mir zum Beispiel einen Miniatur-Schokoladenautomaten, aus dem man kleine Schokoladentäfelchen ziehen konnte, wenn man einen Groschen hineinwarf. Letzteres taten leider nur gütige Onkel und Tanten. Die Geschwister hingegen handelten nach dem Familienmotto: Was dein ist, ist auch mein, und was mein ist, geht dich gar nichts an. So fand mein Bruder sehr schnell heraus, wie sich der

Automat auch ohne den von mir gehüteten Schlüssel öffnen ließ.

Onkel Otto konnte außerdem ebenso spannende wie anschauliche Geschichten aus seinem Jägerleben erzählen. So erfuhren wir, dass bei den Wölfen die Wölfinnen oft bessere Leittiere seien als die männlichen Tiere, ja auch deren Junge eine Sonderstellung hätten und von der Beute die besten Bissen abbekämen. Das fand meine Schwester phänomenal, und als zwei Vettern und eine Kusine in den Herbstferien zur Vesper erschienen waren, schaffte sie es, uns zum Wolfsrudelspielen zu überreden. Und so rannten wir mit ihr an der Spitze hechelnd durchs Dorf, hinter uns das bellende Möpschen, das nicht recht wusste, was es davon halten sollte. Aufgrund des Tempos, das meine Schwester anschlug, gerieten wir schnell außer Atem und wurden des Spiels überdrüssig, zumal sie von uns verlangte nachzusehen, ob sich in unseren Taschen nicht irgendwo ein Himbeerbonbon oder eine Lakritze verkrümelt hatte, die ihr als Leittier zustand. Da zeigten wir ihr nur einen Vogel und trotteten nach Haus, wo wir uns den Rest des Tages einem der sinnlosesten Kartenspiele meiner Kindheit hingaben, Tod und Leben, bei dem es weder Verlierer noch Gewinner gab.

Inzwischen hatten wir begriffen, weshalb mit

Onkel Otto viel mehr Umstände als mit der Verwandtschaft gemacht wurden. Onkel Otto war ein zahlender Jagdgast und ein großzügiger dazu, der, um einen guten Hirsch zu schießen, nicht knauserte. Vater verriet nie, wie viel so ein Tier an barer Münze einbrachte. Es musste sich aber immer gelohnt haben, denn nach Onkel Ottos Abreise blätterte er meist gedankenvoll in einem kostbare Bäume anbietenden Katalog, spendierte jedem von uns Kindern eine Tüte Himbeerbonbons und beglückte Mutter mit einem hübsch eingepackten Schächtelchen vom Juwelier, das er bescheiden »eine Kleinigkeit« nannte, und mehr war es auch nicht.

Nachdem Onkel Otto also nun wieder ins Haus stand, wurde ein pensionierter Förster angeheuert, der gemeinsam mit Vater einen stattlichen Zwölfender ausmachte, den sie beschatteten, um seine Gewohnheiten herauszukriegen. Währenddessen ließ Mutter das Haus auf Hochglanz bringen und brütete Mamsell über ihren Kochbüchern, um den Gast mit etwas Außergewöhnlichem zu verwöhnen.

Auch wir Kinder hatten unseren Beitrag zu leisten: Wir mussten den Zwinger am Ende des Gartens säubern. Ebenso wie der Herd stammte er noch von anno dazumal, nämlich von unserem Vorgänger im Haus, dem Förster meines Großvaters. Seitdem war der Zwinger nicht

mehr benutzt worden und gammelte mit ver-
rosteten Stäben, einer quietschenden Tür, fast
ganz vereinnahmt von Schneeball- und Holun-
derbüschen, Jahr um Jahr vor sich hin. Nur die
Hühner kratzten manchmal ein wenig darin
herum, Möpschen hielt dort gelegentlich seinen
Mittagsschlaf, und wir spielten Affen im Zoo,
wobei selbstverständlich ich der einzige Affe
war, dem man gütig ein paar Haselnüsse durch
die Stäbe reichte. Aber nun wurde der Zwinger dringend gebraucht, denn Onkel Otto kam
selbstverständlich mit dem unvergesslichen
Hannibal, einem Jagdhund erster Klasse, der bei
jedem Wettbewerb die Preise nur so abräumte.
Er gehorchte aufs Wort, und wo immer Onkel
Otto ihn ablegte, harrte er aus, bis ein bestimm-
ter Pfiff seines Herrn ihn erlöste, egal, wie lange
er darauf warten musste. Doch noch erstaunli-
cher war ein Dressurakt, der uns bei Möpschen
nie und nimmer gelungen wäre. Sein Herr warf
ihm etwas Fressbares zu, auf das der Hund besonders scharf war. Doch Hannibal rührte es
nicht an, bis Herr Ruhnke ihm ein Zeichen gab,
indem er mit dem Finger schnippte.

»Ein kluger Hund«, sagte Vater bewundernd.
»So was hätte ich auch gern.«

»Wofür denn?«, sagte Mutter. »Du gehst
doch kaum auf die Jagd. Höchstens mal auf
Enten.«

»Eben«, sagte Vater. »Hannibal apportiert Enten bestimmt erstklassig.«

Mutter lachte. »Bestimmt nicht besser als dein Sohn. Den schickst du doch geradezu mit Wonne bei jeder Temperatur ins Schilf.«

Vater warf meinem Bruder einen schrägen Blick zu. »Tu ich das?«

Mein Bruder nickte anklagend. »Und immer da, wo es die meisten Miesmuscheln gibt, damit ich mir die Füße schön zerschneide.«

Im Wald herrschte inzwischen Hochbetrieb, und die Hirsche waren mächtig zugange. Ihre majestätischen Brunftschreie drangen nachts bis in unser Schlafzimmer.

Der große Nimrod kam angereist, und während Förster Leisegang Onkel Ottos prachtvolle Büchse bewunderte, hatte es uns Kindern mehr seine graue Strickmütze angetan. Sie besaß die Form eines Baumkuchens, war mit einer großen roten Bommel ausgestattet und stammte aus Finnland. Und natürlich zeigten wir größtes Interesse für Hannibal, eine, wie uns der Onkel erklärt hatte, urdeutsche Hunderasse, speziell für die Jagd gezüchtet. Der Onkel war ungeheuer stolz auf ihn, aber er achtete streng darauf, dass er nicht verpimpelt wurde. Denn, wie er uns erklärte, Hannibal war schließlich kein Luxus- oder Modehund. Uns war es daher untersagt, mit ihm herumzualbern, wie wir es

mit Möpschen taten, und ihm womöglich Pföt-
chengeben beizubringen. Herr Ruhnke hatte
kaum den Mantel abgelegt, da beauftragte er
uns schon, den Hund in den Zwinger zu bringen, was Hannibal traurig, aber gehorsam zu-
ließ, allerdings nicht ohne vorher schnell noch
der schwanzlosen Katze einen kleinen Stups zu
geben, so dass sie empört aufmauzte.

»Vielleicht könntest du ihm ja Gesellschaft
leisten«, sagte mein Bruder, während er den
Riegel vorschob. »Als Affe warst du doch sehr
gut.«

»Wer's sagt, isses selber«, sagte ich wütend
und ging auf ihn los. Aber da rief uns Mamsell
zum Mittagessen, und wir hatten noch nicht die
Hände gewaschen und uns gekämmt.

Das Essen konnte sich wirklich sehen lassen.
Es gab Huhn nach Moskauer Art, ein Rezept,
wie Mamsell uns kundtat, von Ihrer Durch-
laucht Elise Erbprinzessin Reuss, jüngere Linie.
Auch der Nachtisch, Schlagrahm mit Pumper-
nickel, war hochadlig und eine Kreation Ihrer
Hoheit, der Herzogin Karoline Mathilde zu
Schleswig-Holstein. Natürlich gab es nur ein
Thema: die Jagd. Aber es ging nicht nur um
den Hirsch im tiefen Forst und die Ente auf dem
See, sondern auch um Wild in fernen Ländern.
Der Onkel war recht eloquent, und so sahen wir
vor unserem geistigen Auge die Büffel galop-

pieren, die Leoparden schleichen, die Bären brummend durch die Wälder trotten und den Fischadler kreisen. Und Vater mahnte mich mehrmals: »Kind, iss!«

Herr Ruhnke, eher ein herrischer Typ mit schneidiger Stimme, zu dem allerdings die gutmütig blickenden braunen Augen nicht recht passen wollten, genoss es sichtlich, dass wir Kinder geradezu an seinen Lippen hingen, bis Mutter sich auf Vaters mahnendes Räuspern hin endlich aufraffte, die Tafel aufzuheben.

Als sich der Himmel fast so bunt gefärbt hatte wie das Laub und der See sich mit einem leichten Nebel bedeckte, marschierten die Herren los, selbstverständlich begleitet von Hannibal, der sich halb totfreute, dem ungemütlichen Zwinger entronnen zu sein. Doch an diesem Abend ließ sich der dem Onkel zugedachte Hirsch nicht blicken. Und so kehrte man unverrichteter Dinge zurück. Man hielt Kriegsrat, und der Gast beschloss, sich am nächsten Morgen in aller Frühe auf einen der Hochsitze in unmittelbarer Nähe des Wildwechsels zu begeben, auf dem der Hirsch gesichtet worden war. So machte sich denn der Onkel vor Tau und Tag auf den Weg. Doch als Vater von seinem morgendlichen Bad im See zurückkehrte, stand sein Gast schon wieder vor der Haustür und begann gleich, ganz außer sich vor Zorn, auf unseren in seinem Bademantel fröstelnden Vater einzureden. Onkel Otto hatte etwas Ungeheuerliches beobachtet: Während er auf den Hirsch wartete, war plötzlich ein Mann aufgetaucht und hatte doch tatsächlich auf den Wildwechsel gepinkelt! Zwar hatte Vater gleich den Verdacht, dass es der Reviernachbar gewesen sein könnte, der den gegen fremde Gerüche hoch empfindlichen Hirsch hindern wollte, in unseren Wald zu ziehen; er tat jedoch sein Bestes, um Onkel Otto zu beruhigen, und sprach von unglücklichen Zufällen und von ortsfremden Individuen, wie sie sich ja heutzutage leider in den Wäldern herumtrieben. Erst Mamsell gelang es mit Leber à la Veneziana nach einem Rezept aus der Hofküche in Meiningen, die Stimmung zu verbessern, ebenso wie ein plötzlich einsetzender Regen, der die Duftmarke des Übeltäters, wie Vater versicherte, im Handumdrehen beseitigen werde. Aber unser großer Jäger blieb misstrauisch, und seine Nervosität erreichte den Höhepunkt, als Leisegang zackig meldete: »Hirsch im Revier!«

»Hoffentlich bleibt er da nun auch«, sagte Vater, der bereits seine Einnahmequelle versiegen sah. Allein mir war es vorbehalten, ihm aus der Klemme zu helfen.

Der Onkel saß finster brütend im Wohnzimmer, und ich versuchte, emsig mit meiner Strickliesel beschäftigt, ihn mit Geschichten aufzuheitern, bei denen meine Familie geschlossen den Raum verlassen hätte. Plötzlich stand der Onkel auf und griff nach einem meiner Zöpfe, um, wie ich annahm, meinen vom Lumpenmann erworbenen Zopfhalter zu bewundern. Stattdessen fragte er, und seine Augen funkelten ganz eigenartig: »Wärst du bereit, mir von deinen herrlichen Haaren einen kleinen Teil zu opfern?«

Als er mein verdattertes Gesicht sah, begann er mir den Grund zu erklären. Ich fand ihn hochinteressant, aber auch recht eigenartig. Er griff in seine Tasche und legte drei Taler auf den Tisch. »Die sind für dich. Aber es bleibt unser Geheimnis. Du musst es schwören.«

Das tat ich mit leichter Zunge. In meiner Familie wurde viel geschworen: »Schwöre mir, dass du es nicht weitererzählst! Schwöre mir, dass du mich nicht verrätst! Schwöre mir, dass du es nicht kaputtmachst!«

Gemeinsam suchten wir nach einer Schere, und dann schnitt er mir von jedem Zopf ein ordentliches Stück ab. Für die drei Taler hätte ich ihm auch gern beide geopfert, denn einen Bubikopf zu haben war mein sehnlichster Wunsch. Meine anfängliche Sorge, die Familie werde mich fragen, was ich mit meinen Zöpfen gemacht hatte, erwies sich als grundlos. Wie immer fiel niemandem etwas auf – wie damals, als mein Bruder sich den Mittelfinger gebrochen hatte. Selbst da musste Lehrer Scheel Vater erst darauf aufmerksam machen.

Einen Tag später fiel der ersehnte Schuss, und Onkel Otto zeigte sich sichtlich erfreut über das herrliche Geweih. Man trennte sich voller Harmonie, und während wir dem davonrollenden Wagen nachwinkten, sagte Vater erleichtert: »Da haben wir ja wirklich noch mal Glück gehabt.«

»Und wem verdankt ihr das?«, fragte ich.

»Wahrscheinlich dir«, sagte meine Schwester spöttisch.

»Stimmt genau!«, rief ich. »Ratet mal, um was mich der Onkel gebeten hat! Das kriegt ihr nie raus.«

»Wollen wir auch gar nicht«, sagte meine Schwester.

»Ich schon«, sagte Vater. »Also, raus mit der Sprache. Was wollte der Onkel von dir?«

»Haare!«, rief ich. »Ein Stück von meinen Zöpfen hat er abgeschnitten. Die hat er gehäckselt und auf den Wildwechsel gestreut.«

»Originelle Idee«, bemerkte Vater. »Und bestimmt wirkungsvoller als manches andere. Vielleicht haben den Hirsch die Haare unserer Tochter ja dazu gebracht, in unserem Revier zu bleiben.«

Mein Bruder gab mir einen Puff. »Da hat der

Onkel Otto noch richtig Schwein gehabt, dass der Hirsch vor Schreck nicht gleich tot umgefallen ist, so wie deine Haare stinken.«

»Nun lass mal, Junge.« Vater sah mich nachdenklich an. »So wie ich Herrn Ruhnke kenne, hat er sich für deinen Liebesdienst doch sicherlich nicht lumpen lassen.«

Die Höhe des Lohnes ließ die Familie einen Augenblick in andächtiges Schweigen verfallen. Aber es war mir nicht gegönnt, meinen Triumph lange zu genießen.

»Drei Taler«, wiederholte Vater. »Dann wird es sicher für dich kein Opfer sein, die obligate Tüte Himbeerbonbons für deine Geschwister zu zahlen. Und«, fügte er nach kurzem Zögern hinzu, »dich an dem Geschenk für Mutter zu beteiligen.«

»Du weißt schon, die Kleinigkeit vom Juwelier!«, rief mein Bruder.

16 Mamilein

»Endlich mal wieder Fisch«, sagte Vater, wenn
Mamsell Hecht, Brasse oder Schleie gebraten
oder gedünstet servierte, denn der Januar war
mit seinem Schlackerwetter und den nur kurzen Frostperioden vorüber, und der Februar prä-
sentierte sich bereits seit zwei Wochen unerwartet mit schneeloser, klirrender Kälte, so dass
die beiden Seen zugefroren waren und man ans
Fischen gehen konnte. Mein Bruder, der große
Angler, flitzte aufgeregt von einem See zum
anderen, um ja nichts zu verpassen. Auf dem
Witzker See war Fischer Brümmerstedt mit
seinem Schleppnetz zugange, während wir uns
auf dem kleinen, dem Haus gegenüberliegenden
See mit Aalpuppen begnügten. Ein Loch wurde
ins Eis gehackt, ein Köderfisch am Haken befes-
tigt und hinuntergelassen und die Strohpuppe
mit der aufgewickelten Schnur an den Rand gestellt. Erwartungsvoll starrten wir dann in das
dunkle Loch und warteten auf den Hecht, der
langsam heranschwamm und blitzschnell zu-
schnappte, so dass die Puppe ins Wasser fiel und
die Schnur sich aufrollte. Manchmal gelang es

dem Fisch, die Puppe unters Eis zu ziehen, und wir verfolgten ihre Spur unter der spiegelglatten Fläche. Wo der See flacher war, betäubten wir die Fische mit kräftigen Schlägen auf das Eis und hackten sie blitzschnell heraus, ehe sie wieder zum Leben erwachten, eine Methode, die Vater nicht sehr schätzte. »Ihr würdet euch auch nicht gern von einem Riesen auf den Kopf hauen lassen.«

Im Dorf roch es jetzt überall nach Fisch, und sämtliche Katzen waren hocherfreut über die Fischköpfe, die sie nun reichlich in ihren Näpfen fanden. Die Nachfolgerin meiner schwanzlosen Miez-Miez begleitete uns sogar aufs Eis, wo sie, wie wir auf Beute hoffend, schnurrend um die Aalpuppen herumstrich.

Weit mehr zog es uns allerdings zum Witzker See, in den der ebenfalls gefrorene Rhin mündete und uns so eine zusätzliche Fläche zum Herumtoben bot. Leider waren die Halterungen unserer Schlittschuhe schon recht ausgeleiert, so dass sie einem immer dann von den Füßen flogen, wenn man besonders viel Fahrt draufhatte. Außerdem waren die meiner Schwester ihr zu klein geworden und meine von einer Kusine geerbten mir reichlich groß. Unsere zarten Hinweise auf neue stießen jedoch bei Vater auf ungläubiges Erstaunen. »Neue Schlittschuhe in diesen Zeiten? Ich höre ja wohl nicht recht.«

»In diesen Zeiten« war neuerdings eine gern von ihm benutzte Redewendung – und nicht zu Unrecht. Überall rundherum gingen Güter und Höfe pleite, und öfter als sonst saß Vater mit sorgenvoller Miene über den Büchern. Mutter jedoch plagte mehr die Befürchtung, wir könnten auf dem See einbrechen, denn dort, wo Brümmerstedt sein Netz gezogen hatte, war das neu gefrorene Eis reichlich dünn. Wir aber trieben uns sorglos noch lange nach Einbruch der Dunkelheit auf dem See herum und machten Bekanntschaft mit anderen Kindern, die in ihren Pantinen schlitternd schneller vorankamen als wir mit unseren Peekschlitten. Wir bauten uns Hütten im Schilf und spielten Verstecken, bis die Glocken zu läuten begannen, das Abendrot verschwand und Großer Bär und Milchstraße sichtbar wurden, der Ostwind uns noch heftiger in die Nase biss und wir unsere klammen Hände immer häufiger bepusten mussten, um sie warm zu kriegen. Erst dann schnallten wir unsere Schlittschuhe ab, liefen über das vor Frost knisternde Gras, begleitet vom zornigen Toben des Nöck, der das Eis seufzen und wie Kanonenschläge krachen ließ, und hofften insgeheim, Mamsell würde sich unseres großen Hungers vielleicht mit Schokoladensuppe oder einem leckeren Reispudding mit Saft erbarmen. Tatsächlich gab es außer den üblichen Schmalzstullen mit Blutwurst, Kochkäse und Harzer Roller in Teig gebackene Apfelscheiben mit einer sämigen Vanillesoße, einen Nachtisch, den wir liebten, den aber unsere Eltern heute nicht so recht genießen konnten. Tante Herta hatte sich überraschend angesagt und das auch noch mit einem Telegramm, worüber Vater sich gar nicht beruhigen konnte. »Was sind denn das für neumodische Allüren? Sie weiß doch, dass wir kein Telefon haben und Telegramme extra ausgetragen werden müssen. Und das bei der Kälte!«

Tante Herta kam diesmal nicht allein mit ihrem Dackel, sondern sie brachte auch ihre verwitwete Mutter mit, um die sie sich neuerdings aufopfernd kümmerte. Meine Eltern waren der Ansicht, dass »Mamilein« seit dem Tode Onkel Bernhards eigentlich recht gut allein zurechtkam, obwohl man sich in der Verwandtschaft einig war, dass sie nicht gerade vor Tüchtigkeit strotzte. Vater nannte sie »Madame Récamier«, weil in ihrer hübschen kleinen Villa das Sofa im Wohnzimmer ihr bevorzugtes Möbel war, auf dem sie ausgestreckt viele Stunden verbrachte, anstatt, wie es sich gehörte, geschäftig herumzurennen und sich um den Haushalt zu kümmern. Aber nein, sie widmete sich lieber der *Berliner Illustrierten* oder blätterte in der *Dame*, dem Journal für den verwöhnten Geschmack.

Merkwürdigerweise lief gerade bei ihr trotz des Mottos »Es ist so schön, gar nichts zu tun und sich vom Nichtstun auszuruhn« alles wie am Schnürchen. Denn Mamilein hatte ein sicheres Händchen für gutes Personal und wusste geschickt mit ihm umzugehen. Obgleich sie sich um nichts kümmerte, bemerkte sie alles: den fehlenden Mokkalöffel in dem Besteck für vierundzwanzig Personen, die kaum sichtbare, aber frische Schramme auf dem kostbaren Beistelltischchen aus Mahagoni, die winzige Beule in dem Silberkännchen. Aber ihre Kritik war so in Beiläufigkeit verpackt, dass nur der Täter sie mitbekam, von dem sie keine großen Entschuldigungen erwartete. Onkel Bernhard hatte sie angebetet, und auch ihn hatte sie unauffällig, wenn auch konsequent dirigiert. Der Onkel war ein »Schmisskläffer«, das heißt, er hatte einer schlagenden Verbindung angehört und eine Menge Freunde in die Ehe mitgebracht. Aber Mamilein entschied, wer von ihnen ein Gast sein durfte. Als Erstes schieden die Herren aus, die sich mehr dem Rotwein und den Karten als ihr widmeten, was Onkel Bernhard betrübte, was er aber gehorsam zur Kenntnis nahm. Dafür konnte, wer zugelassen war, sich nicht genugtun, das zauberhafte Haus mit der zauberhaften Gastgeberin zu rühmen, diesem zarten Geschöpf wie aus einer anderen Welt. Die Spötter in der Familie meinten allerdings, sie habe mehr von einem Äffchen, wenn auch einem sehr charmanten, als von einer Elfe.

Tante Herta war das Gegenteil ihrer Mutter. Schon früh war ihr eingebimst worden, Rücksicht auf das zarte Mamilein zu nehmen und nicht laut singend durchs Haus zu stampfen oder der Mutter mit ihrer Besserwisserei die zarten Nerven zu strapazieren. Da Mamilein nicht gerade vor mütterlicher Fürsorge überlief, beschloss das Kind, den Spieß umzudrehen und sie einfach wie eine Puppe zu behandeln, was Mamilein zunächst amüsierte, was sie aber dann doch sehr lästig fand, vor allem den Umstand, dass das Kind den Eltern nicht einmal im Schlafzimmer Ruhe ließ und sich angewöhnt hatte, auch nachts nach ihrer lebendigen Puppe zu sehen. So kam die Tochter schon sehr früh ins Internat, von wo aus sie die Mutter in ihren Briefen mit besorgten Ratschlägen für ihre Gesundheit bombardierte. Später dann ging sie irgendwann ihre eigenen, wenn auch, vor allem was die Liebe anbetraf, nicht sehr erfolgreichen Wege. Bei uns war sie trotz ihres Kräuterticks ein ganz gern gesehener Gast, der Interesse an Vaters Bäumen zeigte und sich allein gut zu beschäftigen wusste. Doch das kaum sechzigjährige Mamilein war in Tante Hertas Augen nicht nur eine hilflose Witwe, sondern auch ein alter, hinfälliger Mensch, der viel Ruhe, einen geregelten Alltag und eine liebevolle Führung brauchte, um die nächsten fünfundzwanzig Jahre einigermaßen heil zu überstehen. Und Tante Herta fand, dass die Stille und der Frieden unseres Dorfes, gepaart mit der herrlichen Winterluft, genau das Richtige seien, um die angegriffene Gesundheit ihrer Mutter nach einer schweren Grippe wieder herzustellen.

»Sie scheint wirklich ziemlich klapprig zu sein«, sagte Vater mitleidig, als er Mamilein, fest im Griff von Tante Herta, die Veranda heraufstolpern sah. Während sie ihre Mutter aus Fahrpelz, Mantel, Strickweste und -jacke schälte und sie von ihren Überschuhen befreite, lieferte die Tante uns gleichzeitig Mamileins dramatische Krankengeschichte, in der sich aus einer schweren Erkältung fast eine Stirnhöhlenvereiterung, dann fast eine Mandelvereiterung und aus einer Bronchitis fast eine Lungenentzündung entwickelt hatte. Die Wirklichkeit sah etwas anders aus, wie wir später erfuhren, und es hatte sich lediglich um einen starken Schnupfen und Husten gehandelt. »Aber nun«, sagte Tante Herta und nahm Mamilein den Schal ab, »sind wir wieder auf gutem Weg, gesund zu werden.«

Mamilein nickte und steuerte zielbewusst das Sofa im Wohnzimmer an, auf dem sie sich mit angezogenen Beinen und einem matten Seufzer

niederließ, worauf sie sogleich aufs Neue eingewickelt wurde, wenn auch nur mit einer Decke.
Tante Herta legte prüfend die Hände an den Ka-
chelofen und stellte besorgt fest: »Könnte wär-
mer sein.« Dann sagte sie, zu Mutter gewandt:
»Ich will schon mal nach oben gehen und mit
Auspacken anfangen«, und schob blitzschnell
die silberne Zigarettendose, nach der ihre Mutter gerade griff, aus ihrer Reichweite. »Ist dir
auch warm genug?« Mamilein nickte. Aber wie
Miez-Miez, wenn sie kurz davor war, ihre Krallen zu zeigen, zog sie ihre Brauen für einen Augenblick zusammen.

Tante Herta, die für sich selbst völlig an-
spruchslos war, hatte an unserem Gästezimmer
diesmal viel auszusetzen. Das Keilkissen war zu
hart, das Oberbett zu schwer, und – oder kam es
ihr bloß so vor? – hatte die Matratze nicht eine
Kuhle? Sie forderte eine Wolldecke als warme
Unterlage unter dem Laken, ein zweites Kopfkissen und eine Rolle für Mamileins Knie. Danach ging sie in die Küche und brachte Mamsell in Rage, weil sie ihr mehrmals erklärte, wie
schädlich schon einmal benütztes Bratfett für
ihre Mutter sei. Außerdem gehe Mamsell zu
sorglos mit dem Salz um.

Selbstverständlich bekam Mamilein ihr Frühstück ans Bett, das ihr Tante Herta eigenhändig
zubereitete, wobei sie zu unserem Staunen das

Brot in lauter kleine Häppchen schnitt, so, als sei ihre Mutter eine mümmelnde Greisin.

»Nun auch noch die Zähne«, sagte Vater halblaut.

Unsere Gespräche wurden sehr einseitig. Sie drehten sich ausschließlich um Mamileins Befinden, das nach Ansicht von Tante Herta immer noch sehr zu wünschen übrig ließ. Unser Hausarzt hätte dazu gesagt: »Ein sehr unklarer Befund.« Bald wurden wir von dem ständigen Gerede über schmerzende Gelenke, trockenen Husten und ein merkwürdiges Ziehen im Rücken angesteckt, und auch mir tat plötzlich dauernd etwas weh. Allerdings wurde mein Leiden von Vater in Blitzesschnelle mit Ballistol geheilt, das eigentlich dazu diente, das Innere von Gewehrläufen einzuschmieren, aber in der Familie als Allheilmittel für vielerlei Krankheiten verwendet wurde. Und kaum waren wir wieder draußen und auf dem Eis, waren Bakterien und Bazillen vergessen, und wir tobten herum, bis unsere Backen glühten.

Trotz Tante Hertas Unkenrufen fanden wir, dass es Mamilein langsam besser ging. Ein kurzer Spaziergang durchs Dorf, ein Gläschen Sherry zwischendurch und nicht nur in der Suppe, eine kleine Spazierfahrt durch den Wald waren durchaus schon möglich. An einem dieser Tage, als wir gleich nach dem Mittagessen wieder nach draußen auf unser geliebtes Eis strebten, sagte Mamilein plötzlich: »Ich möchte mit.«

Tante Herta starrte sie ungläubig an. »Du?«

»Ja, ich«, sagte Mamilein. »Du hast selbst gesagt, die Luft hier würde mir gut tun.«

»Aber dann doch wenigstens erst nach deinem Nachmittagsschlaf!«, rief Tante Herta.

Mamilein schüttelte den Kopf. »Nein, jetzt.«

»Was willst du denn auf dem See?«, rief Tante Herta ganz unglücklich. »Bei dem eisigen Ostwind. Du wirst dir den Tod holen. Außerdem wollte ich doch nach Rathenow fahren.«

»Dann tu's doch«, sagte ihre Mutter in großer Ruhe. »Ich habe ja die Kinder. Die werden schon auf mich aufpassen. Nicht wahr?« Sie lächelte meinen Bruder an. »Und noch dazu einen ausgesprochenen Kavalier. Er wird bestimmt dafür sorgen, dass mir nichts passiert.«

Tante Herta kapitulierte, gab uns aber noch sehr genaue Instruktionen, was Mamilein für diese Expedition anzuziehen habe. Gehorsam befolgten wir ihre Anweisungen. Doch nach der zweiten Strickjacke winkte Mamilein ab. »Nun ist es aber wirklich genug. Und bitte nicht den Schal so fest. Ihr erwürgt mich ja.«

Wir zogen ihr die Wollmütze sorgsam über die Ohren und gaben ihr außer den Handschuhen noch einen Muff. Dann zogen wir los. Gestützt von meinem Bruder und meiner Schwester, machte sie sich wie eine wandelnde Aalpuppe auf den Weg zum See, wo sie sich erst einmal auf unserem Schlitten niederließ und uns beim Schlittschuhlaufen zusah. Dann rief sie meine Schwester zu sich und deutete auf ihre Schlittschuhe. »Lass mich mal«, sagte sie. »Sie müssten mir passen.«

Meine Schwester sah sie entgeistert an. Aber Mamilein war ein Gast und ein erwachsener dazu. So schraubte sie ohne Widerrede ihre Schlittschuhe an Mamileins zierlichen Schnürstiefeln fest. Unsere Großtante entledigte sich einiger ihrer Hüllen, stellte sich auf die Beine und fuhr, wenn zuerst auch noch recht wacklig, davon. Perplex starrten wir ihr nach, und mein Bruder jammerte: »Und wir sind dann wieder schuld, wenn sie sich das Genick bricht.«

Aber davon war vorläufig keine Rede. Madame Récamier lief in eleganten Kreisen dahin, ja hob sogar ab und zu ein Bein wie Möpschen am Baum, wenn auch mit großer Vorsicht. Niemand wäre auf die Idee gekommen, dass sie seit vielen Jahren keine Schlittschuhe mehr angerührt hatte.

»So, Kinder«, rief sie nach einer Weile, atemlos, aber sichtlich glücklich, »das wär's erst mal für heute!«, und steuerte den Schlitten an. Dabei geriet ihr gefrorenes Schilf zwischen die Füße, sie stolperte, fiel der Länge nach hin, versuchte aufzustehen und sank mit einem Schmerzenslaut wieder zusammen. Wir zogen und zerrten, bis wir sie auf dem Schlitten hatten, und schnallten ihr die Schlittschuhe ab. Die Großtante schnürte ihr rechtes Stiefelchen auf, betrachtete den langsam anschwellenden Fuß und meinte völlig ruhig: »Das war's, Kinder. Den werde ich mir wohl gebrochen haben.«

Mein Bruder lief zum Haus, um den Kutscher zu holen, und als die Eltern und Tante Herta zurückkamen, lag Mamilein bereits im Bett. Tante Herta war außer sich und rannte ganz aufgelöst mit ihrem Dackel und Möpschen auf den Fersen pausenlos die Treppe zur Küche rauf und runter, mal mit kalten Wickeln, mal mit heißem Wasser, mal mit einem Kräutertee, der wie brackiges Wasser roch. Es war ein solches Gelärme im Haus, dass Vater sich in seinen Wald verzog und Mamsell ihre Ich-kündige-Miene aufsetzte.

Am nächsten Tag kam unser Hausarzt, um nach der Patientin zu sehen. Geduldig hörte er sich Tante Hertas langen Krankenbericht an, der weit über den verletzten Fuß hinausging, sagte dann freundlich, er wolle sich selbst ein Bild machen, und komplimentierte sie aus dem Zimmer. Bald darauf hörten wir fröhliches Gekicher, und Vater sagte: »Das typische trostlose Lachen einer hinfälligen Greisin.«

Bald darauf kam der Arzt die Treppe herunter. »Ist es sehr schlimm?«, fragte Mutter besorgt. »Sie wissen ja, die Gesundheit meiner Tante ist sehr labil. Und nun auch noch der Fuß womöglich gebrochen.«

Der Arzt beschäftigte sich eingehend mit seiner Tasche, ohne weiter auf dieses Thema einzugehen. »Ich würde vorschlagen, sie ein paar Tage in die neue Privatklinik zu schicken. Der Kollege dort hat einen glänzenden Ruf.«

Und so wurde Mamilein in ein Taxi verfrachtet, was alleine schon im Dorf Gesprächsstoff für mehrere Tage bot, und in die Stadt gebracht, sehr zu Tante Hertas Leidwesen, der es nun unmöglich war, sie täglich zu betreuen. Denn Vater weigerte sich kategorisch, die Pferde bei dieser Kälte jeden Tag zweimal den Weg zur Kleinbahn machen zu lassen.

Eine Woche später besuchten wir die Großtante dafür alle gemeinsam. Sie lag in einem geräumigen, feudal eingerichteten Zimmer und sah völlig verändert aus, immer noch sehr ätherisch, aber durchaus unternehmungslustig. Natürlich wollte Tante Herta sie sofort wieder mitnehmen, jetzt, wo sich herausgestellt hatte, dass der Fuß nur verstaucht und nicht gebrochen war. Aber ihre Mutter weigerte sich strikt und bestand darauf, noch in der Klinik zu bleiben. Dem Wortgefecht zwischen Mutter und Tochter machte die Arztvisite ein Ende. Zusammen mit einer Schwester betrat schwungvollen Schritts der Chefarzt das Zimmer, ließ den Blick über uns schweifen, machte eine knappe Verbeugung, sagte in leicht belustigtem Ton »Oh, so viel lieber Besuch« und fragte dann seine Patientin: »Wie geht's uns denn heute?« Dann setzte er sich auf den Bettrand und griff, von uns ehrfurchtsvoll bestaunt, nach ihrer Hand, um den Puls zu fühlen. »Ich denke«, sagte er dann mit Autorität in der Stimme, »ein paar Tage sollten wir sie noch hier behalten.«

»Aber ich dachte, der Fuß ist wieder ganz in Ordnung«, sagte Tante Herta. »Jedenfalls habe ich die Oberschwester so verstanden.«

»Das ist er«, sagte der Arzt. »Es ist mehr das Herz.« Er tätschelte beruhigend auf Mamileins Hand, in deren Augen so etwas wie Schadenfreude aufblitzte.

»Ja, ja, das dumme Herz«, sagte Vater. »Wem von uns macht es nicht hin und wieder zu schaffen.«

17 Die Treibjagd

Kaum hatten wir nach Neujahr den Christbaum abgeschmückt, Lametta, Silberkugeln, Engelshaar, den großen goldenen Stern an der Tannenspitze, Kerzen und Wachsengel weggepackt, das heilige Paar nebst Jesuskind in der Krippe, Schafe und Hirten sowie die Heiligen Drei Könige aus dem Morgenland sorgfältig eingewickelt und behutsam in einem Karton verstaut, die Gabentische abgeräumt, jeden Zweig hoffnungsvoll nach vergessenen Schokoladenkringeln abgesucht, da stand uns bereits ein neues aufregendes Ereignis bevor: die Treibjagd. Während wir unter viel Gestöhne und Geschimpfe, von Vater mit mahnenden Zurufen bedacht – »Vorsicht, gleich geht die Petroleumlampe zu Bruch!«, »Achtung, der Holzfuß zerschrammt die Tür!« –, den Baum in den Garten schleppten und dort auf den Rasen warfen, wo er zerhackt und verbrannt werden sollte, rückte Vater mit dieser Neuigkeit heraus.

Wir jubelten, aber Mutters Begeisterung hielt sich in Grenzen. »Gibt es denn überhaupt etwas zu schießen? Du klagst doch immer, dass sich in diesem Jahr kaum Rebhühner und Fasanen blicken lassen.«

Vater reagierte gekränkt. »Zu Tausenden, wie bei euch zu Haus, werden sie nicht gerade vom Himmel fallen. Aber der Bestand kann sich durchaus sehen lassen.«

Er gab Möpschen, der gerade sein Bein an der entweihten Tanne hob, einen Schubs. »Dieser Hund hat auch vor nichts Respekt!«

»Zu Tausenden?« Mutter schüttelte den Kopf. »Nun übertreib nicht immer so«, und im selben Atemzug begann sie, mit einer gewissen Selbstgefälligkeit von ihren heimatlichen Jagden zu erzählen, bei denen die Büchsenspanner der Herren die Flinten kaum schnell genug laden konnten für die Scharen von Vögeln, so dass man eigentlich die Vögel nicht anzuvisieren, sondern nur die Büchse in den Schwarm zu halten brauchte.

»Vielen Dank«, sagte Vater. »Wie man überhaupt Vergnügen daran finden kann, nur so herumzuballern, bleibt mir ein Rätsel.«

»Es wird sicher eine hübsche kleine Jagd«, sagte Mutter milde. »Wen können wir denn erwarten?«

»Das Übliche«, sagte Vater kurz und ging ins Haus.

Das Übliche waren in diesem Fall einige Onkel aus der Nachbarschaft mit ihren Frauen und die Bauern. Mutter seufzte. »Mamsell wird sich freuen. Das latscht uns dann anschließend mit dreckigen Stiefeln durchs Haus. Hoffentlich ist das Wetter einigermaßen, und es regnet nicht in Strömen wie beim letzten Mal.«

Doch in diesem Jahr trat das Gegenteil ein. Das Thermometer sank auf fünfzehn Grad unter Null, die Fensterscheiben überzogen sich mit Eisblumen, das Klo fror ein, am Schwengel der Hofpumpe klebte einem beim Pumpen die Hand fest, wenn man die Handschuhe vergessen hatte, und Vater gab wieder einmal die Geschichte von dem kleinen Jungen zum Besten, der bei dem Versuch, das Eis von der schmiedeeisernen Gartenpforte zu lecken, mit der Zunge festfror. »Da stand er nun«, sagte Vater, »drei Stunden im eisigen Wind, konnte sich nicht rühren oder um Hilfe schreien.«

Mutter, die diese Geschichte im Grunde auch ulkig fand, aber manchmal eine beckmesserische Genauigkeit an den Tag legte, wies ihn darauf hin, dass es beim letzten Mal zwei Stunden gewesen seien. Aber über solch kleinliches Herumnörgeln war Vater erhaben. »Drei Stunden«, wiederholte er. »Man musste erst heißes Wasser über ihn kippen, ehe er von der Pforte loskam.«

Bei so eisigen Temperaturen brauchte Mutter nicht mehr zu mahnen: »Zieht euch was Warmes unter.« Das taten wir jetzt freiwillig, und sogar ins Bett krochen wir mit dicken Socken und mit einer Strickjacke über dem Nachthemd. Trotz des Ofens wurde nachts das Zimmer so kalt, dass sich das Wasser im Waschkrug mit einer Eisschicht überzog, obwohl vor dem Schlafengehen noch einmal tüchtig nachgeheizt worden war. Wir zogen uns am liebsten unter der Bettdecke an und fuhren mit dem Schwamm nur mal eben übers Gesicht. Aber abends, wenn das Zimmer noch einigermaßen temperiert war, gab es keine Ausrede für diese Art Katzenwäsche, und Mutter sorgte dafür, dass wir uns vor dem Schlafengehen ordentlich wuschen.

Am Himmel zeigte sich in diesen kalten Tagen kein Wölkchen, die Sonne verschwand in prächtigem Abendrot hinter dem See, und nachts hing ein dicker Mond am funkelnden Sternenhimmel direkt über unserem Haus. Noch war allerdings an Schlittschuhlaufen nicht zu denken und auch nicht an Schlittenfahren. Nach dem Schneefall in der Silvesternacht hatte gleich wieder Tauwetter eingesetzt, und der Schnee war längst verschwunden.

Jetzt im Winter servierte uns Mamsell viel Deftiges: Kohlrouladen, Pökelfleisch, Linsen mit Speck und an diesem Mittag Erbsenpüree mit Speck und Sauerkraut, von mir gehobelt und gestampft, worauf ich nicht oft genug hinweisen konnte. Doch anstatt mich, wie ich es erwartete, dafür zu loben, spielte Vater zerstreut mit seinem Serviettenring und hörte schweigend zu, als Mutter, nachdem sie das Mädchen hinausgeschickt hatte, in die Offensive ging und sagte: »Also, die Kälte hier drinnen ist einfach nicht mehr auszuhalten! Ab morgen wird das Esszimmer endlich geheizt!«

Wie kalt es war, ließ sich leicht an den Atemwölkchen erkennen, die beim Sprechen vor unseren Mündern standen. Statt des erwarteten Lamentos zeigte sich Vater zu Mutters Überraschung verwundert: »Selbstverständlich. Ich hab gedacht, das Mädchen hat so viel zu tun und ist nur noch nicht dazu gekommen.« Er schudderte ein bisschen. »Es ist wirklich saukalt hier drin. Aber prächtiges Wetter für die Jagd.« Er grinste uns an. »Vor allem für die Ehrentreiber. Dann braucht man wenigstens nicht euer Gejammer zu hören, wenn ihr euch durch verschneite oder tropfnasse Schonungen zwängen müsst, und auf dem gefrorenen Boden läuft es sich auch besser als durch Matsch. Ich denke, es wird eine nette kleine Jagd werden.«

»So war es doch bis jetzt jedes Mal«, pflichtete ihm Mutter bei, die immer noch verdattert darüber zu sein schien, dass der Wunsch nach einem geheizten Zimmer überhaupt keine Durchsetzungskraft erfordert hatte. Ein paar Minuten später wusste sie, warum.

Vater ließ die Katze aus dem Sack. Er schlug sich mit der flachen Hand an die Stirn und rief: »Mein Gott, ich hab ja ganz vergessen, dir zu erzählen, dass wir Übernachtungsgäste bekommen werden. Herr Ruhnke wollte unbedingt dabei sein, ich musste ihn einfach einladen.«

Mutter sah ihn argwöhnisch an. »Du sprachst im Plural.«

»Große Neuigkeit«, sagte Vater. »Ihr werdet staunen. Herr Ruhnke hat sich verlobt. Seine zukünftige Frau ist auch mit von der Partie.«

Mutter starrte ihn ungläubig an. »Kannst du mir vielleicht sagen, wo ich diese Dame unterbringen soll? Doch wohl nicht mit ihm gemeinsam im Gästezimmer!«

»Herrn Ruhnkes Verlobte ist Witwe«, sagte Vater in einem Ton, als seien Witwen grundsätzlich über jede Konvention erhaben und durch nichts zu kompromittieren, schon gar nicht, wenn es sich um ihren Verlobten handelte. Ehe Mutter etwas erwidern konnte, ergriff er die Flucht, murmelte, wie meist in solchen Fällen, etwas von einem Termin und verließ das Zimmer. Mutters Mitteilung »Euer Vater ist verrückt«, nahmen wir mit Fassung auf und auch, dass sie hinter ihm herlief, denn nun konnten wir uns in Ruhe dem Kirschkompott und dem Pudding widmen und uns darüber unterhalten, was Onkel Otto uns wohl mitbringen würde.

Der Besuch versetzte das Haus in Unruhe, denn es musste viel geändert und umgeräumt werden. Mein Bruder kam in die so genannte Mauke, eine unwirtliche Rumpelkammer, in der zwar ein Bett stand, in die man aber alles stellte, was einem im Wege war. Einen Ofen gab es in der Mauke nicht, und im Winter wehte einem Polarluft entgegen, sobald man die Tür aufmachte. Die Witwe kam in das Gästezimmer, und Onkel Otto sollte mit der spartanischen Bude meines Bruders vorlieb nehmen. Das lautstark geäußerte Missfallen meines Bruders über seine Umquartierung wurde ein wenig durch Vaters Hinweis gemildert, dass Onkel Otto, so wie er ihn kenne, sich bestimmt nicht lumpen lassen werde. Mein Bruder müsse es eben etwas geschickt anfangen, um ihn von seinem großen Opfer wissen zu lassen. Das leuchtete ihm ein. Meine Mutter dagegen fand es unmöglich. »Ich kann nur hoffen, mein Junge, du weißt, wie du dich einem Gast gegenüber zu benehmen hast. Und dass du mir auf keinen Fall aufdringlich wirst.«

Von Mutters Ermahnungen eingeschüchtert, verkniff er sich jede Klage und murmelte nur so etwas wie »doch ganz selbstverständlich«, als ihn der Onkel darauf ansprach. Onkel Otto seinerseits quittierte dies mit einem lächelnden »Ganz der Vater« und einem freundschaftlichen

Schlag auf die Schulter, ohne auch nur einen weiteren Gedanken daran zu verschwenden, wie sich wohl der arme Junge in seiner Eisgruft fühlen werde.

Die Jagdgesellschaft versammelte sich zu einem kleinen Frühstück in unserem Haus. Sie taten, als hätten sie eine Weltreise hinter sich, obwohl sie nur wenige Kilometer von uns entfernt wohnten, und putzten den von Mamsell zubereiteten Aufschnitt im Handumdrehen von den großen Silbertabletts. Das Repertoire an Geschichten, das sie dabei zum Besten gaben, war uns wohl bekannt und wurde nur durch ein, zwei neue ergänzt. Das meiste war von der harmlosesten Art, wurde aber von den anderen Jägern mit gebührendem Respekt aufgenommen – »Was du nicht sagst! Du hattest deine Patronen vergessen?« – und von den Frauen mit verhaltenem Gähnen höflich belächelt. Nur Onkel Otto verstand es, seinen Geschichten aus Afrika und anderen exotischen Ländern einen Hauch von Abenteuer zu verleihen. Doch obwohl wir Kinder sonst seine dankbarsten Zuhörer waren, galt unser Interesse diesmal ganz seiner Braut. Unsere hoch geschraubten Erwartungen, die zwischen Antilope und Gazelle schwankten – Onkel Ottos, wie er selbst immer sagte, bevorzugte Geschmacksrichtung in puncto Frauen –, wurden enttäuscht. Röschen, wie er sie nannte, hatte eher Frau Holle zum Vorbild und sah nicht gerade aus, als drehte sich jeder Mann auf der Straße nach ihr um. Dafür gewann sie Vaters Herz sofort, weil sie, im Gegensatz zu uns, wie er mehrfach betonte, nicht die Rederitis hatte und sich nicht verpflichtet fühlte, zu allem und jedem ihren Senf dazuzugeben, aber gleichzeitig so voller Mitgefühl und Verständnis war, dass nicht nur Mutter sich dazu verführen ließ, sie ein wenig als Klagemauer zu benutzen. Während sie ihr das Haus zeigte, wies sie wiederholt darauf hin, dass vieles noch sehr altmodisch und deshalb sehr unbequem sei, aber ihr Mann leider dafür wenig Verständnis zeige. Röschen legte ihre Hand leicht auf Mutters Arm. »Ich verstehe.«

Mamsell schlug in dieselbe Kerbe und machte mal wieder ihrem Herzen über den Herd, diesen Schrotthaufen, Luft. Und Röschen nickte und sagte: »Ich verstehe«, hütete sich aber, ihren Ärger über Möpschen zu zeigen, der gerade ihren Rock besabberte, sondern sagte nur freundlich: »Wahrscheinlich erschnuppert er Hannibal. Die beiden waren ja wohl ein Herz und eine Seele. Das muss man verstehen.«

Hannibal, der Dritte im Bunde, war von Onkel Otto bereits auf dem Flur unter dem Lampentisch abgelegt worden, wo er gehorsam wartete, bis die Jagd begann. Sein Halsband war vom Edelsten: weißes, schmiegsames Leder mit silbernen Beschlägen.

Unter großem Palaver bestieg die übersehbare Anzahl der Herren und Damen einschließlich der gedungenen Treiber einen Bretterwagen, während wir, die Ehrentreiber, hinterher laufen durften. Bis auf mich. Onkel Otto, der seine baumkuchenartige Kopfbedeckung gegen eine kecke Schiebermütze getauscht hatte, kommandierte mich an seine Seite, denn, wie er allen kundtat, waren so einem zarten Geschöpf wie mir die Strapazen des Treibens nicht zuzumuten. Ich sollte besser ihn und Röschen begleiten. Meine Geschwister machten finstere Gesichter, aber Vater, der unsere geschwisterlichen Rivalitäten gelegentlich gern ein wenig schürte, grinste und rief: »Ich verstehe!«

So stand ich denn, anstatt wie die anderen mit lautem »Has, Has!« durch das Gelände zu stolpern, auf dem mir angewiesenen Platz neben dem erwartungsvoll lauernden Onkel Otto, fror still vor mich hin und war mir nicht recht schlüssig, ob ich wirklich das bessere Los gezogen hatte. Onkel Otto war ungeheuer erfolgreich, jedenfalls für unsere Verhältnisse. Er schoss zwei Fasanen, drei Rebhühner, mehrere Karnickel und drei Hasen. Während wir dauernd die Standorte wechselten, sehnte ich mich nach der Mittagspause und der köstlichen Erbsensuppe, die mit trockenen Semmeln und ein paar Flaschen Bier von Mamsell eigenhändig herausgebracht werden sollte. Ich fand, dass es nun genug war mit der Knallerei, und Röschen schien meine Meinung zu teilen, denn als ein verirrter Hase, unbemerkt von Onkel Otto, sich duckend ziemlich nah vorbeischlich, warf sie mir ihren Ich-verstehe-Blick zu und unterließ es, den großen Jäger darauf aufmerksam zu machen. Auch Hannibal rührte sich nicht. Wahrscheinlich tat ihm die Schnauze vom vielen Apportieren weh. Er schien mir überhaupt verändert. Auf jeden Fall war er dicker und bequemer geworden und zeigte große Anhänglichkeit an Röschen, die ihn Hasi nannte, eine etwas merkwürdige Bezeichnung für einen Jagdhund.

Wie vorauszusehen war, denn Vater hatte ihm die besten Plätze zugewiesen, wurde Onkel Otto Jagdkönig, ein Anlass, der natürlich im kleinen Kreis gebührend gefeiert wurde. Dabei stellten wir fest: Nicht nur Hannibal, auch Onkel Otto hatte sich verändert. Er steckte mir, vor den fassungslosen Blicken meiner Geschwister, einen Taler zu und nannte mich seinen hübschen kleinen Glücksbringer, lobte Vaters »edlen Tropfen« und streichelte Röschens Hand. Auch Hannibal bekam sein Lob in Form eines abgenagten Knochens, den er ihm zuwarf. Hannibal machte nicht viel Federlesens und schlang ihn ruck, zuck in sich hinein, ohne auf Onkel Ottos Zeichen zu warten. Mit dessen guter Laune war es vorbei, und der Hund duckte sich unter dem scharfen Ton, mit dem er zurechtgewiesen wurde.

»Warum in aller Welt soll der Hund sich schämen?«, fragte Röschen stirnrunzelnd.

»Er darf erst fressen, wenn ich mit dem Finger schnippe«, erklärte ihr Onkel Otto.

Die sanfte Braut reckte sich. »Bei mir schnippt niemand nach irgendjemand mit dem Finger«, sagte sie in einem sehr nachdrücklichen Ton. »Für solche Albernheiten fehlt mir jedes Verständnis.«

Einen Augenblick schwebte der berühmte Engel durchs Zimmer, aber auch Onkel Otto war für eine Überraschung gut. »Wo sie Recht hat, hat sie Recht«, sagte er lächelnd, und dann prosteten wir dem Jagdkönig zu.

Den Geschwistern wiederum fehlte jedes Verständnis für meine Bevorzugung, und so konnte ich betrübt nur noch ein Drittel des Talers in mein Sparschwein stecken.

18 Das Mercedeskind

Wir sind schuld, dass Onkel Kurt sich kein neues Auto leisten kann. Tante Christa muss nämlich zum Psychotherapeuten, und das zahlt die Kasse nicht. Der Psychotherapeut hat zu Onkel Kurt gesagt, Tante Christa wäre kein seltener, aber ein sehr langwieriger Fall. Die Behandlung würde ihre Zeit dauern. Zwei Jahre bestimmt. Er müsse ganz von vorn beginnen, behutsam, Schritt für Schritt, bei Tante Christas Kindheit.

Onkel Kurt ist Muttis Vetter und hat sie früher mal sehr verehrt, behauptet Omi. Papi sieht ihn lieber gehen als kommen. Aber er wohnt nun mal in unserer Stadt und hat viel Familiensinn. Zu viel, meint Papi.

Onkel Kurt redet gern von früher. Wie schön das Leben auf dem Lande war, auf Schloss Ebesdorf in Schlesien. Und wie schmerzlich er es vermisst, das alte Rittergut, seit Generationen im Besitz seiner Familie. In Onkel Kurts Wohnung hängen überall seine Ahnen und Bilder vom Schloss, sogar im Gästeklo. Omi wundert das sehr. »Das Gut war doch total verschuldet und ist bereits 1930 unter den Hammer gekommen.

241

Soviel ich weiß, sind Kurts Eltern damals nach Schweinfurt gezogen.«

Jetzt muss Onkel Kurt bei einer Versicherung fronen, obwohl er sich so sehr nach Grund und Boden sehnt. Deshalb trägt er auch am liebsten einen grünen Anzug und einen Trachtenhut.

»Onkel Kurt im Country-Look«, macht Andrea sich lustig, wenn er uns besuchen kommt.

Papi erzählt gern die Geschichte vom Familientreffen in Onkel Kurts Wohnung. Da hatte er doch auf den Tischkarten die Zimmer seiner Neubauwohnung tatsächlich als Salon bezeichnet. Grüner Salon, roter Salon, blauer Salon.

Mutti nimmt Onkel Kurt jedes Mal in Schutz. »Sie haben wirklich hübsche alte Sachen –«

»Ich saß auf einem Ikea-Stuhl«, sagt Papi.

»– und sich so viel Mühe bei dem Familientreffen gegeben«, sagt Mutti, Papis Bemerkung übergehend.

»Aber nur, weil er versuchen wollte, jedem Gast eine Versicherung aufzuschwatzen.«

»Du ärgerst dich ja bloß, weil er dich gern scherzhaft als einen Staatsspitzel bezeichnet.«

»Grüner Salon«, wiederholt Papi kopfschüttelnd.

»Na und? Jeder Mensch ist anders albern. Du hast dafür die Marotte mit der Chinesin.«

Onkel Kurt hat Tante Christa beim Joggen kennengelernt. Im Stadtpark sind sie fast auf-

einander geprallt, haben sich gegenseitig ent-
schuldigt und dann zu einem kleinen Gespräch
auf eine Bank gesetzt. Onkel Kurt ist sehr schnell
auf Schloss Ebesdorf zu sprechen gekommen
und wie er die Heimat vermisst. Tante Christa
hat es mächtig gefallen, dass er so heimat- und
naturverbunden ist. Auch sie liebt die Natur
und überhaupt alles Natürliche. Vor allem in
der Ernährung.

Damals war Tante Christa noch Redakteurin
bei einer Frauenzeitschrift und sorgte dafür,
dass dicke Leserinnen durch eine spezielle Diät
dünn werden konnten. Sie brachte auch Mutti
dazu, sich über richtige Ernährung Gedanken zu
machen und nur noch kaltgeschlagenen Honig
und linksgedrehten Joghurt zu kaufen. Papi ras-
tete richtig aus, als Mutti ihm statt seiner geliebten Bratkartoffeln »Schneewittchensalat«
aus Mohrrüben, geriebenen Äpfeln und China-
kohl vorsetzte, und lehnte den frischen Obst-
aufstrich »Süße Morgenröte« rundweg ab.

Bevor Ferdinand geboren wurde, besuchte
uns Tante Christa häufig und legte für mich und
Andrea in der Ecke unseres Kinderzimmers ein
Biogärtchen an. In die Mitte hatte sie, ganz süß,
ein Bauernhäuschen gestellt, vor dem der Bauer
und die Bäuerin auf einem Bänkchen saßen und
all die sprießenden Erbsen und Linsen und die
Kresse ankuckten.

»Nun könnt ihr mit eigenen Augen sehen, wie die zarten Keime ans Licht drängen«, sagte sie, »und teilhaben an dem Wunder von Werden und Wachsen.«

Aber irgendwie hatten wir damit kein Glück. Erst machte sich das Zwergkaninchen über das Grüne her, dann fiel ein Karton mit Spielsachen vom Kleiderschrank und zermalmte das Bauernhaus.

Bald danach fasste Tante Christa den Entschluss, Mutter zu werden. Von nun an wollte sie nur noch »Wärme und Licht« für ihre zukünftige Familie sein.

Wölfchen, das Mercedeskind, wurde geboren. So hat Papi ihn getauft, weil er fast in Onkel Kurts Auto zur Welt gekommen wäre, als Tante Christas Mutter sie in die Klinik fuhr.

»Die arme Großmutter«, sagte Omi. »Was muss sie sich geängstigt haben.«

»Die arme Christa«, sagte Mutti.

»Das teure Auto«, seufzte Papi.

Tante Christa gab ihre Stellung auf, um sich ganz ihrem Sohn zu widmen, und arbeitete nur noch hin und wieder für die Zeitschrift. Wir bekamen sie daher selten zu Gesicht. Dafür machte sie Papi halb wahnsinnig mit ihren endlosen Telefongesprächen, die sich ausschließlich um das Werden und Wachsen von Wölfchen drehten.

Mutti, die uns fast zur gleichen Zeit Ferdinand bescherte, war nach diesen Gesprächen immer ganz unsicher, ob er mit Tante Christas Wunderkind Schritt halten würde.

»In manchem ist er vielleicht wirklich noch etwas zurück.« Papi warf mit zugehaltener Nase die Pampers in einen Plastikeimer.

Mutti sah ihn entsetzt an. »Gott, in was denn?«

»Na, weil er noch nicht aufs Klo gehen kann.«

Jetzt, wo Ferdinand fast fünf ist, hat Papi diese Bedenken aufgegeben. Aber der Besuch des Kasperletheaters wurde uns von Tante Christa neulich fast vermasselt. »Ich bin strikt dagegen, dass Konflikte mit Gewalt gelöst werden statt durch Argumente«, hatte sie Mutti belehrt. Aber wir sind trotzdem gegangen, und Ferdinand schrie jedes Mal vor Vergnügen, wenn der Kasperle dem Krokodil ordentlich eins auf den Kopf gab.

Vor drei Wochen hat Tante Christa mal wieder angerufen und gefragt, ob wir Wölfchen für ein paar Tage nehmen würden. Die Redaktion wollte sie nach London schicken, und das konnte sie schwer ablehnen. Kurt war in der Zeit dummerweise auf Geschäftsreise.

»Das soll für uns wohl eine Ehre sein«, murrte Papi.

»Sei doch nicht so ungefällig«, tadelte Mutti.

»Ferdinand und er sind im gleichen Alter. Sie werden wundervoll zusammen spielen.«

»Hoffentlich.«

Wölfchen, blondgelockt und schmächtig, mit bis zur Schulter reichenden Haaren, an seiner Mutter wie eine schwere Einkaufstasche hängend, hielt am Wochenende bei uns Einzug. Auf dem Rücken trug er einen kleinen Rucksack, aus dem es laut trompetete.

»Das ist ja klassische Musik!« Mutti war ganz verblüfft.

»Stimmt.« Tante Christa strich ihm stolz übers Haar. »Von Bumsmusik will er nichts wissen. Klassik liebt er über alles, vor allem das Trompetenkonzert von Haydn. Er ist ja ein so harmonisches Kind.«

»Aber jetzt stellen wir dieses herrliche Konzert vielleicht mal 'ne Weile ab«, meinte Papi.

Das harmonische Kind war nur sehr schwer von Tante Christa zu lösen. Selbst bei Tisch saßen sie Hand in Hand. Es wurde ein sehr unruhiges Mittagessen, denn Wölfchen hatte viele Wünsche. Erst wollte er Milch, dann eigentlich lieber nicht; dann wollte er Saft, dann lieber Brause und dann wieder Haydn.

»Aber bitte nicht bei Tisch«, sagte Papi.

Während Wölfchen sich seinem Mittagsschlaf hingab, verließ uns Tante Christa, ganz aufgelöst über diese Trennung.

»Gott sei Dank«, seufzte Papi, als sie endlich weg war. »Hast du dir auch alles gut gemerkt, Edith? Ich meine, was du beachten musst, wenn er zu Bett geht? Erst die Spieluhr, dann das Märchen, dann der Kassettenrecorder mit dem Haydn, dann das Nachtgebet. Und nicht vergessen, die Lampe brennen und die Tür offen zu lassen.«

»O Gott«, seufzte Mutti, »wenn das mit ihm und Ferdinand nur gutgeht.«

»Auch wenn Ferdinand keine klassische Musik hört«, sagte Papi, »ist er nicht gerade auf den Kopf gefallen. Ein einfallsreiches Kind.«

»Aber Wölfchen kann schon lesen. Aus der Zeitung. Vorhin hat er mir Mitteilungen der Bundesversicherungsanstalt vorgelesen.«

Der erste Tag unseres Gastes verging damit, dass Ferdinand ihm alles wieder wegriss, was er in die Hand nahm: die Autos, den Trecker, das Skelett, die Bilderbücher, das Dreirad – es war ein Spiel, das beiden zu gefallen schien. Sie beschäftigten sich damit den ganzen Sonntagvormittag und setzten es beim Mittagessen fort. Ferdinand nahm Wölfchen den Löffel weg, den Saft, den Mutti ihm eingegossen hatte, den Pudding, ja sogar die Serviette. Wölfchen litt stumm.

»Also, Ferdinand, was soll denn das?« donnerte Papi los. Ferdinand erschrak ein bisschen und ließ unseren Gast einen Augenblick in Ruhe. Aber kaum waren sie wieder im Kinderzimmer, ging das Theater von vorn los.

»Einfach irre«, sagte Andrea.

»Soll er sich doch wehren«, sagte Papi.

Wölfchen wehrte sich nicht. Mit großen Augen sah er Ferdinand an, der mit dem Dreirad um ihn herumkurvte.

»Das kommt dabei heraus, wenn so ein Kind keine Spielgefährten hat«, meinte Papi. »Schnapsidee, ihn nicht in den Kindergarten zu schicken.«

Nach zwei Tagen hatte Ferdinand Wölfchen in einen willenlosen Sklaven verwandelt. Wölfchen schien es zu gefallen, ein Sklave zu sein. Er ließ sich den Kaugummi aus dem Mund nehmen und sah jedes Mal fragend zu Ferdinand hin, wenn er etwas essen wollte. Und erst, wenn unser Bruder gnädig nickte, stopfte er sich den Kuchen in den Mund. Auf Ferdinands Befehl kroch er unters Bett und blieb dort eine halbe Stunde regungslos liegen, bis Papi ihn hervorzog. Papi klopfte ihn ab. »Hier müsste wohl auch mal wieder gesaugt werden.«

Und dann ertappten wir Ferdinand dabei, wie er unserem Gast die Haare abschnitt. Die eine Seite war bereits ratzekahl, als Papi ihm die Schere wegnahm. Die andere hing noch traurig herunter.

Mutti schrie auf: »O Gott, Karl Albrecht! Sieh dir das an!«

Papi betrachtete Wölfchen interessiert. »Sie kriegt einen halben Skinhead zurück.«

»Das wird sie uns nie verzeihen«, jammerte Mutti.

Ferdinand bezog eine Tracht Prügel, was Wölfchen veranlasste, zu Papi ein ganz gemeines Wort zu sagen. »Lass ihn los, du alter Bock!«

Papi war entzückt. »Habt ihr das gehört? Der Junge macht sich.«

Tante Christa bekam eine Nervenkrise, als sie ihren Liebling so verschandelt sah.

»Wär ich bloß nicht nach London gefahren! Du armes, armes Kind! Was hast du leiden müssen!«

Wölfchen befreite sich aus ihrer Umarmung. »Hau doch ab, du geile Kuh!«

Mit Tränen in den Augen fuhr Tante Christa mit ihm davon.

Aus dem Kinderzimmer dröhnte schmetternde Musik. Papi zuckte zusammen.

»Haydns Trompetenkonzert. Das hat man nun von seiner Gastfreundschaft!«

19 Der Vogel Greif

Andrea kann nicht verstehen, dass Gudrun jetzt meine beste Freundin ist. »Was findest du bloß an diesem Lese-Freak? Da kann man sich ja gleich mit 'nem Bücherregal unterhalten.«

Papi ist ganz anderer Meinung. »Endlich mal ein Kind, das nicht dauernd quatscht.«

Mutti pflichtet ihm bei. »Du hast recht. Sie ist wirklich angenehm um sich zu haben.«

»Ihre Dornröschenhecke sind eben die Bücher«, meint Omi.

Das angenehme Kind darf deshalb auch bei uns übernachten. »Je-der-zeit«, versichert Mutti. »Was ist eigentlich mit den Eltern? Ich würde sie gern mal kennenlernen. Wenigstens die Mutter. Vielleicht −« Das fehlte mir gerade noch!

»Ich glaube, der Wasserkocher ist kaputt«, unterbreche ich sie. Wenn Mutti mit ihrer Fragerei anfängt, muss man sie ablenken.

Mutti stellt den Kessel an. »Er funktioniert doch tadellos. Wahrscheinlich war nur der Stecker locker.«

Wie es sich für einen Gast gehört, schläft

Gudrun in meinem Bett, und ich liege auf der Luftmatratze daneben. Während Anna-Sofie vor sich hin schnarcht, das Wasser im Aquarium gluckst, der Goldhamster im Käfig auf dem quietschenden Rad seine Joggingrunden dreht und ich mich vor der Englischstunde morgen graule, hat sie ihre Taschenlampe angeknipst und liest schon wieder. »Bist du denn überhaupt nicht müde?« flüstere ich. Sie antwortet nicht. Hat ihre Ohren auf Null gestellt. Ist wie ein Zombie, von fremder Magie beherrscht. Ich drehe mich auf die Seite.

Gudrun kann an keinem Buch vorbeigehen, ohne es wenigstens in die Hand zu nehmen und aufzublättern. In der Not nimmt sie sogar mit dem Telefonbuch vorlieb. Da ist sie richtig süchtig. Wenn wir für Mutti eingekauft haben und die Sachen auf dem Küchentisch auspacken, liest sie sogar das Gedruckte auf dem Einwickelpapier.

Gudrun kenne ich seit einem halben Jahr. Sie hat am Teich gelegen und gelesen. Hänschen Naumann ist voll auf sie drauf getreten, als wir uns Wasserflöhe geholt haben. Das Wasser schwappte über ihre Füße, und Hänschen schimpfte: »Was liegt denn hier für 'n Idi rum? Du bist wohl ein Blatt-Tier?« Das hatten wir auch im Fernsehen gesehen. Eine Raupe, die wie ein Blatt aussah.

Gudrun sieht allerdings mehr aus wie ein Grashalm. Ein Grashalm mit Augen. Sie trägt ein schilffarbenes T-Shirt, schilffarbene Hosen, hat bräunliches, kurzgeschnittenes Haar und ein schmutzigbraunes Gesicht mit tiefliegenden Augen. In dem dichten Schilfgras ist sie wirklich kaum zu erkennen. Sie sieht auf ihre nassen Turnschuhe. Ich entschuldige mich.

»Hauptsache, mein Buch hat nichts abgekriegt«, sagt sie.

Wir fragen, wie sie heißt.

»Gudrun Reese.«

»Und wo kommst du her?«

Sie deutet auf den Vogel Greif.

»Aus dem ollen Hochhaus? Ist ja abartig«, sagt Hänschen.

»Wieso?« fragt Gudrun gleichgültig. »Ist doch piepegal, wo man wohnt.«

Hänschen ist mit seinen Wasserflöhen nach Hause getrabt, und ich bin aus Neugierde zum Hochhaus mitgegangen. Ich wollte unbedingt mal den Vogel Greif von innen sehen. In seinem Bauch hat er dieselbe Farbe wie Frau Fröhlichs »blaue Grotte«, nur viel schmutziger und schäbiger. Um die Lichtschalter ist ein schwärzlicher Fettrand. Und von den Fensterbrettern kann man die Farbe mit den Fingern abschnippen. Der Fahrstuhl ist von oben bis unten bekritzelt mit so Sprüchen wie *Ein Geisterfahrer ist wahnsinnig entgegenkommend.* Wir sind dann in den zwanzigsten Stock raufgefahren. In dem langen Flur waren zwei Deckenlampen ausgefallen; man ging wie durch einen Tunnel. Kein Mensch zu sehen oder zu hören. Ein richtiges Geisterhaus.

»Hier stehen 'ne Menge Wohnungen leer«, erklärte mir Gudrun, während sie ihre Wohnungstür aufschloss. »Dauernd ziehen Leute ein und wieder aus.«

Durch einen kleinen Flur kam man in ein großes Zimmer, in das die untergehende Sonne schien. Als ich aus dem Fenster kuckte, fühlte ich mich wie im Kopf des Vogels Greif. Jeden Augenblick würde er abheben und sich auf die Sonne stürzen, die sich bereits erschreckt hinter den Horizont verkroch.

Das Wohnzimmer war wahnsinnig ordentlich, nichts lag herum. Und klasse eingerichtet, mit weißen Ledersesseln und Sofa. Die gelben Gardinen reichten bis zur Erde, und am Fenster stand eine große Bodenvase mit künstlichen Blumen. Über einer Kommode hing ein Wandschränkchen; durch die verglaste Tür konnte man lauter buntbemalte Fingerhüte aus Porzellan sehen.

Ich ließ mich auf das Sofa fallen, schob den Glastisch mit den verchromten Beinen etwas ab und machte es mir gemütlich. Vergeblich sah ich mich nach einem Fernseher um. »Den habt ihr wohl im Schlafzimmer?«

Gudrun schüttelte den Kopf. »Fernseher haben wir nicht. Der ist irgendwann mal kaputtgegangen, und Mutti hat bis jetzt keinen neuen gekauft.«

Ich war tief enttäuscht. Nach der Wohnungseinrichtung hatte ich ein Superding erwartet. Mit Video und allen Schikanen.

Dann gingen wir in Gudruns Zimmer, das mit Bücherregalen vollgestellt war. Ich nahm ein Buch in die Hand. »Die hast du alle gelesen?« fragte ich beeindruckt.

»Hundertmal«, sagte Gudrun wegwerfend. »Das ist doch nichts Besonderes.«

Auf einem kleinen Schreibtisch lag ein Päckchen Bücher aus einer öffentlichen Bücherei. »Die will ich heut' noch umtauschen. Kommst du mit?«

»Wo schlafen denn deine Eltern?«

Sie öffnete die Tür. Dieses Zimmer bestand eigentlich nur aus einem riesigen Bett mit einer geblümten Decke und einer Wand aus lauter Spiegelschränken.

»Meine Mutter ist verreist«, sagte Gudrun.

»Und dein Vater? Wo ist der?«

»Den hab ich schon seit einer Ewigkeit nicht mehr gesehen. Mit unseren Herren haben wir kein Glück.«

»Du bist hier ganz allein?« Ich war platt. Wenn meine Eltern wegfahren, muss Omi ran. Damit wir unsere Ordnung haben!

»Warum denn nicht? Ich bin doch kein Baby mehr.«

»Und du machst dir alles selber? Frühstück, Mittag und so?«

Sie zeigte mir eine toll eingerichtete Küche und deutete auf den Elektroherd. »Es gibt doch Fertiggerichte. Die brauche ich nur in den Ofen zu schieben und die Uhr einzustellen.«

»Und ins Bett gehst du, wann du willst?«

Sie nickte.

»Hast du denn niemanden, der bei dir übernachtet?«

»Hin und wieder schon. Aber die Mädchen aus meiner Klasse gehen mir auf den Geist mit ihrer Fragerei. Und abends ruft ja Mutti sowieso an. Also, was ist? Wollen wir los?« Sie sah auf die Uhr. »Die Bibliothek schließt um sechs.«

In der Bibliothek nahm uns eine komische Person mit Krisselhaaren und Gemmenbrosche am schlabberigen Pullover die Bücher ab. »Die willst du schon wieder umtauschen? Du hast die doch vorgestern erst geholt. Du bist ja ein richtiger Bücherwurm!«

»Das sagt sie jedes Mal«, flüsterte mir Gudrun zu, während wir die Buchreihen durchgingen und sie sich Bücher aussuchte. »Die könnte sich auch mal was Witzigeres einfallen lassen.«

Also, ich fand das alles unheimlich stark und hab Gudrun gefragt, ob ich sie wieder besuchen darf. Ihr schien's schnuppe zu sein. »Von mir aus«, war alles, was sie sagte.

Gleich am nächsten Tag bin ich wieder hingegangen. Es war einfach toll. Ich konnte tun, was ich wollte. Gudrun fand's korrekt. Ob ich mir was zu essen machte, mir in dem rosa und schwarz gekachelten Bad die Cremes ihrer Mutter ins Gesicht schmierte oder in den Schränken herumwühlte und die fabelhaften Kleider bestaunte. Aber tipptopp aufräumen musste ich hinterher.

»Sonst schimpft die Putzfrau.«

Nur beim Lesen ließ sie sich ungern stören.

Ich hab oft auf dem niedrigen Fensterbrett gesessen, mir die Gegend bekuckt und auf unsere Siedlung gesehen. Aber ich hätte genausogut in Afrika sein können, so weit weg kam's mir vor. Es war einfach klasse ohne die Familie und die ewige Fragerei! Was hast du? Was machst du? Wie war's in der Schule? Kein Ferdinand, der jeden Satz mit »Weißt du was?« beginnt. Keine Anna-Sofie, die einen zum millionsten Mal mit der Kassette »Benjamin Blümchen rettet den Zoo« nervt.

Gudrun störte es auch nicht, dass ich versuchte, auf der Maultrommel zu spielen. Aber irgendwie kriegte ich das nie richtig hin. Gudrun meinte: »Klingt 'n bisschen wie 'n Brummer im Weckglas.«

Manchmal haben wir auch zusammen Schularbeiten gemacht. In Mathe und Englisch war die echt gut. Und manchmal hat sie mir auch ein bisschen was von sich erzählt. Wie oft sie schon umgezogen sind. Und dass ihre Mutter auf Messen verkauft.

Eine Woche später habe ich Frau Reese dann auch kennengelernt.

Ich hatte mich gerade in ein Abendkleid von ihr gezwängt, als die Wohnungstür aufgeschlossen wurde und ich hörte, wie Gudrun »Mammi!« rief. Ehe ich das Kleid wieder ausziehen konnte, war sie schon im Schlafzimmer, und ich stand ziemlich bedeppert da in diesem blöden Fummel. Frau Reese schien nichts dabei zu finden, dass ich ihre Klamotten anhatte. Sie lächelte mich freundlich an. »Lass dich nicht stören. Du bist wohl die neue Freundin von Gudrun? Gott, was habe ich Hunger! Ich mache mich schnell ein bisschen zurecht, und dann gehen wir essen. Aber ruf deine Mutter vor an.«

Frau Reese sah noch unheimlich jung aus und hatte eine fabelhafte Figur.

Das Lokal, in das wir gingen, war ein toller Schuppen. Piekfein und irre teuer. Auf der Speisekarte gab's kein Gericht unter dreißig Mark. Wir durften uns bestellen, was wir wollten. Ich schämte mich für meine schmutzigen Jeans und die ausgefransten Tennisschuhe. Aber Frau Reese beruhigte mich. »Wer zahlt, darf alles.« Tatsächlich behandelte mich der Ober wie Lady Di und schob mir sogar einen Stuhl unter.

Gudrun war unheimlich aufgekratzt. So kannte ich sie noch gar nicht. Und kolossal besorgt um ihre Mutter. »Zieht's dir hier auch nicht? Du kriegst doch so leicht 'nen steifen Hals. Wie lange bleibst du eigentlich?«

»Paar Tage bestimmt.« Frau Reese lächelte den Kellner an, der den Nachtisch brachte. »Und wie geht's euch so in der Schule?«

»Gudrun schreibt nur Einsen und Zweien«, sagte ich. »Aber bei mir, na ja.«

»Ich war auch nicht gerade eine Leuchte.« Frau Reese zündete sich eine Zigarette an.

»Ist Ihr Job nicht wahnsinnig anstrengend?« fragte ich höflich.

Sie kuckte total verdutzt. »Wie meinst du das?«

»Na, den ganzen Tag die Steherei, und die vielen Menschen in so 'ner Halle.«

»Ich hab ihr erzählt, dass du auf Messen arbeitest«, sagte Gudrun.

»Ach so. Ja, ja. Anstrengend ist es schon. Aber jetzt kann ich mich erst mal ausschlafen.«

Als ich am Tage darauf bei Reeses klingelte, klang Gudruns Stimme durch die Sprechanlage ziemlich mürrisch. »Ach, du bist's.«

Ich hätte es mir ja denken können, dass sie mit ihrer Mutter lieber allein sein wollte. Deshalb klingelte ich noch einmal. »Hab's mir überlegt. Ich komme morgen wieder.«

»Spinnst du? Komm schon rauf.«

In der Wohnung war Frau Reese gerade dabei, sich umzuziehen. Es roch nach einem wundervollen Parfüm. Wir gingen gleich in Gudruns Zimmer.

»Habt ihr denn nichts vor?« rief Frau Reese aus dem Badezimmer. »Ich dachte, ihr wolltet in die Stadt.«

»Ja, ja.« Gudrun packte ein paar nagelneue Bücher in eine Plastiktüte. »Wir verschwinden gleich.«

»Wo wollen wir eigentlich hin?« fragte ich im Fahrstuhl.

»Die Bücher umtauschen.«

»Und wo?«

»Im Kaufhaus Rainart.«

Als wir durch die Eingangstür des Hochhauses gingen, stand da ein dicklicher Mann und nahm gerade den Finger vom Klingelknopf.

»Er hat bei euch gedrückt«, sagte ich.

»Quatsch«, sagte Gudrun.

Es war offener Verkaufssonnabend und ein fürchterliches Gedränge. Sogar in der Buchabteilung wurde man dauernd geschubst. Gudrun ging zu einem großen Grabbeltisch, suchte sich vier Bücher aus, sah nach dem Preis, rechnete kurz durch und legte die vier mitgebrachten Bücher an ihre Stelle.

»Das mache ich immer so«, erklärte sie mir. »Ich tausch sie einfach mehrmals um. Der Verkäuferin darfst du damit nicht kommen, die flippt echt aus.«

»Irre«, sagte ich gerade bewundernd, als plötzlich ein Mann neben uns auftauchte mit einem Gesicht wie ein Fruchtjoghurt. Ganz weiß und dazwischen lauter geplatzte Äderchen.

»Sieh mal an!« sagte er mehrmals hintereinander. »Wen haben wir denn da?«

»Eine Kundin, die ihre Bücher umtauscht«, sagt Gudrun. »Hier ist mein Kassenbon.«

Er starrte verdutzt auf den Bon. »Nach der Do-ityourself-Methode! Das haben wir gern. Haut bloß ab, und lasst euch hier nie wieder blicken!«

Das ließen wir uns nicht zweimal sagen.

»Mann, du machst ja Sachen«, seufzte ich.

»Wieso?« Gudrun war ganz erstaunt. »Ist doch korrekt.«

Zu Hause hab ich davon natürlich nichts erzählt. Mutti hätte gleich wieder eine Krise bekommen.

Eine Woche später waren wir auch wieder allein. Wenn Gudrun mal keinen Bock auf Bücher hat, dann toben wir durch die Stadt. Am liebsten fahren wir U-Bahn und denken uns tolle Spiele aus. Gudrun ist da sehr erfindungsreich. Zum Beispiel setzen wir uns zu den alten Leuten und reden über unsere Eltern.

»Ist dein Papa noch im Knast?« fragt Gudrun so laut, dass es jeder hören kann. »Was hat er eigentlich angestellt?«

»'ne Bank überfallen.« Ich sehe traurig vor mich hin. Die Altchen glotzen uns an.

»Und dein Bruder?« frage ich. »Hängt der immer noch an der Nadel?«

Gudrun nickt. »Meine Mutter sagt, wenn er sich blicken lässt, schmeißt sie ihn raus.«

»Zeiten sind das heute!« sagt die dickbusige Frau uns gegenüber zu ihrem Mann. »Weit sind wir gekommen!«

Sie will mit uns ein Gespräch anfangen, aber dem Mann ist das peinlich. »Lass doch. Wir müssen aussteigen.«

Toll ist es, wenn Kontrolle kommt. Dann

springen wir auf, rasen zur Tür und versuchen sie aufzukriegen. Das Gesicht des Kontrolleurs strahlt. »Nu mal nicht so eilig, die Damen. Eure Fahrausweise, bitte!« Wenn wir sie ihm dann lässig hinstrecken, ist er schwer enttäuscht. »Weshalb macht ihr denn so 'n Theater?«

Manchmal steigen wir irgendwo aus und schlendern durch total fremde Straßen, wo es ganz verrückte Läden gibt und jedes Lokal griechisch oder türkisch ist. Als wir gerade an einem gammeligen Kellerladen mit Schuhen vorbeigehen und ich die Schrift auf der Schaufensterscheibe *Auf leisen Sohlen* laut lese, sind wir plötzlich von einer Horde Jungs umringt.

»Was hängen dir denn für Fäden aus der Hose?« sagt einer zu Gudrun, die ja wirklich sehr dünne Beine hat.

»Wo die herkommen«, sagt ein anderer, »da drücken sie doch abends den Mond noch mit der Stange hoch. Oder seid ihr vom Verfassungsschutz?«

Als sie anfangen, uns zu schubsen, nehmen wir die Beine in die Hand.

»Machst du dir was aus Jungs?« frage ich ganz atemlos, als wir sie abgeschüttelt haben.

»Aus solchen bestimmt nicht.« Gudrun schnappt nach Luft. Wir lachen wie verrückt und können uns gar nicht mehr einkriegen.

Frau Reese und Gudrun haben die gleiche Stimme. Wenn Frau Reese mal länger wegbleiben muss und Gudrun bei mir schlafen möchte, ruft sie einfach bei Mutti an. »Guten Tag, Frau von Trebnitz, ich wollte fragen, ob meine Tochter bei Ihnen übernachten darf. Ich muss für ein paar Tage verreisen.«

»Je-der-zeit«, versichert Mutti. »Wir haben Gudrun sehr ins Herz geschlossen. Aber wir Mütter sollten uns auch mal kennenlernen.«

Gudrun erfindet irgendeine Ausrede und sagt dann etwas Freundliches über mich, was Mutti schmeichelt.

»Frau Reese scheint wirklich eine nette Frau zu sein«, sagt Mutti. »Sie hat so gar nichts Gewöhnliches. Trotzdem finde ich, du solltest deine alten Freunde nicht so vernachlässigen. Du hockst ja nur noch bei Gudrun.«

»Wir machen Schularbeiten zusammen.«

»Wirklich?« Mutti sieht mich etwas skeptisch an.

»Aber meine Arbeiten sind doch viel besser geworden.« Da muss Mutti mir recht geben.

Dieses Wochenende verbringt Gudrun wieder bei uns. Mutti lobt ihre tadellosen Tischmanieren, ihre Bescheidenheit und dass sie gleich aufspringt, wenn was zu holen ist.

»Wirklich, ein angenehmes Kind.«

Als ich Gudrun nach Hause bringe, sagt sie so

ganz beiläufig: »Übrigens, nächste Woche bin ich nicht da. Ich verreise mit meiner Mutter.«

»Jetzt, während der Schule?«

»Mutti hat in den Ferien keine Zeit. Sie hat mir ein Attest besorgt.«

»Na ja, du hast ja mit der Schule keine Probleme«, seufze ich.

»Tschau«, sagt sie und verschwindet im Hochhaus.

Drei Wochen vergehen, ohne dass Gudrun sich meldet. Als ich schließlich bei ihr anrufe, höre ich nur eine Stimme: »Dieser Anschluss ist vorübergehend nicht erreichbar.«

Ich radle zum Hochhaus hinüber. An der Haustür des Vogels Greif gibt es das Namensschild Reese nicht mehr. Ich klingle irgendwo und fahre zum zwanzigsten Stock. Auch an der Wohnungstür fehlt das Schild. Und die Tür steht offen. Die Wohnung ist total leer. Reeses sind weg. Einfach so. Ohne sich zu verabschieden.

Ich starre aus dem Fenster, den Daumen im Mund. Die untergehende Sonne hat den Himmel rot angepinselt. Gleich wird der Vogel Greif abheben. Ich starre, bis ich das Gefühl habe, über der Erde zu schweben. Der Vogel Greif und ich, wir werden Gudrun finden!

Hinter mir schimpft ein Mann. »Nicht mal

für 'n Augenblick kann man hier 'ne Wohnung offen lassen. Schon sind diese verdammten Gören zugange.«

Mein Daumen flitzt erschrocken aus dem Mund. Ich drehe mich um und frage ihn, wo Reeses hingezogen sind.

Er klimpert ungeduldig mit dem Schlüsselbund.

»Weiß ich's? Jedenfalls hatten sie es verdammt eilig, wegzukommen. Und nun verschwinde!«

Ich werde sie finden!

Quellenverzeichnis

Das Kusinchen, Das ewige Kind und *Ein Sohn aus gutem Haus* aus: ›Kartoffeln mit Stippe. Eine Kindheit in der märkischen Heide‹, Scherz Verlag, Bern und München 1979.

Die gläserne Katze, Unsere heiligsten Kühe und *Das gestörte Picknick* aus: ›Ein Bernhardiner namens Möpschen und andere Erinnerungen an eine glückliche Kindheit in der Mark Brandenburg‹, Scherz Verlag, Bern, München, Wien 1991.

König Pimpernel und *Die gute Tat* aus: ›Familienbande und andere alltägliche Geschichten‹, Scherz Verlag, Bern, München, Wien 1997.

Der stolze Bussard aus: ›Willst du glücklich sein im Leben … Geschichten von gestern – Geschichten von heute‹, Scherz Verlag, Bern und München 1984.

Die Kräutertante aus: ›Ich sitze hier und schneide Speck. Die Küche meiner Kindheit.

Mit Rezepten von Dagmar von Cramm‹, Scherz Verlag, Bern, München, Wien 2000.

Des Hauses Ehr und *Die Bildungsreise* aus: ›Gieß Wasser in die Suppe – heiß alles willkommen. Mit Rezepten von Dagmar von Cramm‹, Scherz Verlag, Bern, München, Wien 2001.

Löwe im Haus und *Das Zauberwort* aus: ›Der Glückspilz und andere Überlebensgeschichten‹, Scherz Verlag, Bern, München, Wien 2002.

Der unvergessliche Hannibal, *Mamilein* und *Die Treibjagd* aus: ›Denn im Herbst, da fall'n de Blätter … Geschichten vom Lande‹, Scherz Verlag, Frankfurt am Main 2004.

Das Mercedeskind und *Der Vogel Greif* aus: ›Ein Fräulein von und zu. Geschichten aus ganz normalen Kreisen‹, Scherz Verlag, Bern, München, Wien 1992.

Ilse Gräfin von Bredow

Das Hörgerät im Azaleentopf

224 Seiten. Piper Taschenbuch

Die mittlerweile neunundachtzigjährige Autorin erzählt, wie es wirklich ist, nicht mehr die Jüngste zu sein. Denn auch wenn die Gesellschaft nur ein Ziel zu kennen scheint – so alt wie Methusalem zu werden – hat das Alter doch so seine Tücken ...

»Die Kunst, aus allem das Beste zu machen, beherrscht Ilse Gräfin von Bredow meisterlich. Ein vergnügliches Buch zum Schmökern.«
Hörzu

Ilse Gräfin von Bredow

Adel vom Feinsten

Amüsante Geschichten aus vornehmen Kreisen. 256 Seiten. Piper Taschenbuch

Adel ist heute wieder sehr gefragt – eine Prinzessin schmückt jedes Kaffeekränzchen. Ilse Gräfin von Bredow nimmt ihre Leser mit auf eine vergnügliche Reise in die Vergangenheit zu den Schlössern und Landgütern und ihren Bewohnern. Humorvoll schildert sie das Leben adliger Familien, das längst nicht immer so luxuriös ist, wie viele gern glauben möchten: Hier gleicht manches Schloss eher einer Ruine, da macht sich das exzentrische Personal selbstständig und dort blickt eine Familie auf die andere – nur Etagenadel! – nieder ... Ein humorvoller Blick auf den Adel und seine Welt.

»Nostalgie ohne Sentimentalität auszudrücken ist eine große Kunst. Ilse Gräfin von Bredow beherrscht sie.«
Brigitte

05/2682/01/L

05/2115/02/R

Ilse Gräfin von Bredow

Familienbande

*und andere alltägliche Geschichten.
255 Seiten. Piper Taschenbuch*

Die Bredow zu lesen macht einfach Spaß. Keine kann wie sie Augenblicke aus dem Alltag beschreiben – liebenswürdig, aber mit Biß, ironisch, aber zutiefst menschlich. Mit ihrem unverkennbaren Feingefühl für die kleinen Dinge des Lebens verleiht Ilse Gräfin von Bredow ihren Geschichten einen besonderen Reiz. Mit Phantasie und viel Menschenkenntnis erzählt sie von Menschen aus unserer Zeit, von ihren Macken, ihren Stärken und Schwächen.

»Wer Spaß am Lesen haben will – hier wird er tellerrandvoll serviert, und nichts schwappt über.«

Welt am Sonntag

Ilse Gräfin von Bredow

Kartoffeln mit Stippe

*Eine Kindheit in der märkischen Heide. 237 Seiten.
Piper Taschenbuch*

»Kartoffeln mit Stippe« – dahinter steckt die aufregend schöne, erfüllte, von Erinnerungen pralle Jugendzeit eines Mädchens in der märkischen Heide: das Leben einer alten Grafenfamilie in einem höchst ungräflich einfachen Forsthaus inmitten einer karg-schönen Landschaft. Ein vergnüglicher Erzählreigen voller Nostalgie.

»Es ist selten, daß jemand derart taufrisch schreibt, daß Erinnerungen so lebendig werden, wie das Leben war, ist und sein kann.«

Die Welt

Ilse Gräfin von Bredow

Glückskinder
Roman einer märkischen Adelsfamilie. 288 Seiten. Piper Taschenbuch

Waren es Glückskinder, die zu Beginn des Jahrhunderts aufwuchsen? Komtesse Feli von Flottbach war es sicherlich nicht unbedingt: Nach einer unbeschwerten Kindheit auf preußischen Landgütern wird sie nach Berlin geschickt. Dort soll sie sich zur Säuglingsschwester ausbilden lassen, gerät aber an ihren Vetter, einen Luftikus und Frauenhelden, der sich, als Feli schwanger ist, aus dem Staub macht. Schließlich heiratet sie den Gutsherren Viktor von Wiedenbrück und gründet eine Familie. Doch durch den Zweiten Weltkrieg verliert sie alles, was ihr lieb und teuer ist, und sie muß fliehen.
Ilse Gräfin von Bredow erzählt das Leben, wie es war, und sorgt dafür, daß vergangene Zeiten nicht vergessen werden. Ein liebenswertes Stück Zeitgeschichte voller Nostalgie, aber ohne Sentimentalitäten.

Ilse Gräfin von Bredow

Denn Engel wohnen nebenan
Rückkehr in die märkische Heide. 255 Seiten. Piper Taschenbuch

»Kartoffeln mit Stippe« – das war die unvergeßlich schöne, an Erinnerungen reiche Jugendzeit eines Mädchens: das Leben einer gräflichen Familie in einem höchst ungräflichen Forsthaus in der märkischen Heide. Der weltpolitische Umbruch hat es möglich gemacht, daß die große Erzählerin Ilse Gräfin von Bredow an den Ort ihrer Kindheit und Jugend zurückkehren konnte. In einer einzigartigen Mischung aus Erinnerung und Erleben der Gegenwart, aus verlorener Zeit und neuer Begegnung, eröffnet sich ein Panorama von Lebensläufen und Schicksalen, wie es nur jemand beschreiben kann, der das alles selbst erlebt, erlitten und erfühlt hat.

05/1083/02/L   05/1086/02/R

Ilse Gräfin von Bredow

Das Hörgerät im Azaleentopf

224 Seiten. Gebunden

Nein, meinen Seniorenteller ess ich nicht!

Gräfin Bredow schreibt anschaulich und mit bissigem Witz
neue Geschichten und heitere Betrachtungen rund um das
Thema Alter - teils wie früher damit umgegangen wurde
und wie man es als Kind wahrnahm, teils aus heutiger Sicht,
in der es für die Gesellschaft anscheinend nur ein Ziel gibt:
so alt wie Methusalem zu werden. Dabei hat doch, wie
die Autorin weiß, bereits so mancher »mobilitätseinge-
schränkte« Vorruheständler seine liebe Not, um auf dem
Bahnhof das »Serviceteam« am »Service-Point« zu finden.

»Das Buch ist ein schöner Beitrag zur Diskussion über
die älter werdende Gesellschaft, ohne pädagogisch zu
langweilen.«
Märkische Allgemeine

Scherz Verlag